Tucholsky Wagner Zola Scott Sydow Freud Schlegel
Turgenev Wallace Fonatne
Twain Walther von der Vogelweide Fouqué Friedrich II. von Preußen
Weber Freiligrath Frey
Fechner Fichte Weiße Rose von Fallersleben Kant Ernst Frommel
Richthofen
Engels Fielding Hölderlin Eichendorff Tacitus Dumas
Fehrs Faber Flaubert Eliasberg Ebner Eschenbach
Feuerbach Maximilian I. von Habsburg Fock Eliot Zweig
Ewald Vergil
Goethe Elisabeth von Österreich London
Mendelssohn Balzac Shakespeare Dostojewski Ganghofer
Lichtenberg Rathenau Doyle Gjellerup
Trackl Stevenson Hambruch
Mommsen Tolstoi Lenz Hanrieder Droste-Hülshoff
Thoma von Arnim Hägele Hauff Humboldt
Dach Verne Rousseau Hagen Hauptmann Gautier
Karrillon Reuter Garschin Baudelaire
Defoe Hebbel
Damaschke Descartes Hegel Kussmaul Herder
Wolfram von Eschenbach Dickens Schopenhauer Rilke George
Bronner Darwin Melville Grimm Jerome Bebel Proust
Campe Horváth Aristoteles Voltaire Federer Herodot
Bismarck Vigny Barlach Heine
Gengenbach
Storm Casanova Lessing Tersteegen Gilm Grillparzer Georgy
Chamberlain Langbein Gryphius
Brentano Lafontaine
Strachwitz Claudius Schiller Kralik Iffland Sokrates
Bellamy Schilling
Katharina II. von Rußland Gerstäcker Raabe Gibbon Tschechow
Löns Hesse Hoffmann Gogol Wilde Vulpius
Luther Heym Hofmannsthal Klee Hölty Morgenstern Gleim
Roth Heyse Klopstock Goedicke
Luxemburg Puschkin Homer Kleist
La Roche Horaz Mörike Musil
Machiavelli Kierkegaard Kraft Kraus
Navarra Aurel Musset Moltke
Nestroy Marie de France Lamprecht Kind Kirchhoff Hugo
Laotse Ipsen Liebknecht
Nietzsche Nansen
Marx Lassalle Gorki Klett Leibniz Ringelnatz
von Ossietzky May vom Stein Lawrence Irving
Petalozzi Knigge
Platon Pückler Kock Kafka
Sachs Poe Michelangelo Liebermann Korolenko
de Sade Praetorius Mistral Zetkin

Der Verlag tredition aus Hamburg veröffentlicht in der Reihe **TREDITION CLASSICS** Werke aus mehr als zwei Jahrtausenden. Diese waren zu einem Großteil vergriffen oder nur noch antiquarisch erhältlich.

Symbolfigur für **TREDITION CLASSICS** ist Johannes Gutenberg (1400 — 1468), der Erfinder des Buchdrucks mit Metalllettern und der Druckerpresse.

Mit der Buchreihe **TREDITION CLASSICS** verfolgt tredition das Ziel, tausende Klassiker der Weltliteratur verschiedener Sprachen wieder als gedruckte Bücher aufzulegen – und das weltweit!

Die Buchreihe dient zur Bewahrung der Literatur und Förderung der Kultur. Sie trägt so dazu bei, dass viele tausend Werke nicht in Vergessenheit geraten.

Geheime Geschichten und rätselhafte Menschen - Viertes Bändchen

Sammlung verborgener oder vergessener Merkwürdigkeiten

Friedrich Bülau

Impressum

Autor: Friedrich Bülau
Umschlagkonzept: toepferschumann, Berlin

Verlag: tradition GmbH, Hamburg
ISBN: 978-3-8472-4483-7
Printed in Germany

Vorwort.

Die beiden Prätendenten, deren Schicksale vorliegendes Bündchen der Bülauschen »Geheimen Geschichten und rätselhaften Menschen« erzählt, sind auch bis heute noch rätselhafte Menschen geblieben, und auch jetzt noch kann man von ihnen nicht mit Bestimmtheit sagen, woher sie stammten, und ob sie nicht wirklich auf die hohe Stellung, die sie sich anmaßten, begründeten Anspruch hatten. Namentlich der bedauernswerte Sprößling des Hauses Reuß scheint selbst fest an die Rechtmäßigkeit seiner Ansprüche geglaubt und auch in den Kreisen seiner nächsten Verwandten überzeugte Anhänger gefunden zu haben. Rätselhaft bleibt es freilich, was die Eltern zu der unnatürlichen Handlung bewogen haben sollte, ihren erstgeborenen Sohn zu verleugnen und zu enterben, und am wahrscheinlichsten ist wohl die Annahme, daß Heinrich wirklich zwischen der ersten und zweiten Ehe des Burggrafen mit der Margareta Pigkler erzeugt und in der Voraussetzung, daß keine ehelichen Nachkommen mehr zu erwarten seien, für ein legitimes Kind ausgegeben, später aber zu Gunsten der in rechter Ehe geborenen Kinder von seiner bevorzugten Stellung entfernt sei. Jedenfalls verdiente das abenteuerliche Leben dieses unglücklichen Menschen eine nähere Untersuchung, und es mag hier gestattet sein, auf die im Dresdener Hauptstaatsarchiv über ihn vorhandenen Akten hinzuweisen, die Märcker in seiner »Geschichte des Burggrafentums Meißen« (Leipzig 1842) S. 373 erwähnt, und die bisher noch nicht näher untersucht zu sein scheinen.

Von weit größerem Interesse noch ist indessen die Frage nach der Identität Naundorffs mit dem angeblich im Temple verstorbenen Ludwig XVII. Alle namhaften Historiker mit alleiniger Ausnahme von Louis Blanc haben die Ansicht vertreten, daß der Tod des unglücklichen Knaben mit völliger Sicherheit festgestellt sei; namentlich hat sich neuerdings Chantelauze in einem umfangreichen Werk: »*Louis XVII., son enfance, sa prison et sa mort au Temple d'après des documents inédits des archivesnationales*« (Paris 1884) bemüht, den unwiderleglichen Beweis davon zu erbringen, und doch, wenn man dagegen die beiden Verteidiger Naundorffs hört, Gruau de la Barre: »*Intrigues devoilées ou Louis XVII., dernier roi légitime de France*« (4 Bde., Rotterdam 1846 - 48) und O. Friedrichs: »*Un crime politque.*

5

Étude historique sur Louis XVII.« (Brüssel 1884), so kann man nicht leugnen, daß manche Punkte in dieser geheimnisvollen Angelegenheit noch nicht aufgeklärt sind und verschiedene Umstände für Naundorff zu sprechen scheinen. Allerdings haben die französischen Gerichte die Ansprüche, die er und nach seinem Tode seine Angehörigen wiederholt geltend gemacht haben, immer zurückgewiesen, doch läßt sich über die Stichhaltigkeit der Gründe, aus denen es geschehen ist, streiten.[1] Daß er noch heute zahlreiche Anhänger zählt, geht daraus hervor, daß sich 1893 in Paris eine »*Société d'études sur la question Louis XVII.*« bilden konnte, die den Zweck verfolgt, die Identität Naundorffs mit dem Dauphin nachzuweisen und monatliche Bulletins herausgiebt. Jedenfalls ist die Frage, ob Naundorff wirklich Ludwig XVII. oder ein Betrüger war, noch eine offene, so lange nicht näheres über sein Leben vor dem Jahr 1810, wo er in Berlin auftaucht, nachgewiesen und damit die Unwahrheit seiner eigenen Angaben dargethan werden kann. Den striktesten Beweis für seine Rechtmäßigkeit würden aber die Dokumente liefern, die er dem Polizeipräsidenten von Berlin, Le Coq, 1810, übergeben und nicht zurückerhalten haben will (s. S. 61); vielleicht finden sie sich – wenn sie überhaupt jemals existiert haben – noch im Berliner Geheimen Staatsarchiv.

Robert Geerds.

---

[1] Den Wortlaut der letzten Gerichtsentscheidung vom Jahr 1874 s. S. 78 fg.

Ein Prätendent aus dem 16. Jahrhundert.

Eine im Jahre 1572 erloschene Linie desselben Hauses, dessen jüngere Linie den Namen Reuß führt, hatte, außer beträchtlichen Besitzungen im Voigt- und Pleißnerlande, welche letztere zum Teil an die Schönburge übergegangen sind, auch das Burggrafentum Meißen längere Zeit innegehabt, war aber desselben und ihrer wichtigsten Lehen unter den Händeln der Größern, der sächsischen Fürsten namentlich und der böhmischen Könige, schon vor ihrem Erlöschen verlustig gegangen.[2]

Einer der letzten dieses Stammes war Heinrich IV., welcher 1520 gestorben ist. Derselbe war angeblich seit 1506 in zweiter Ehe mit einer Tochter des Fürsten Waldemar zu Anhalt, Barbara, vermählt. Der Name der ersten Gemahlin ist unbekannt; ihre Existenz soll aber aus einigen Urkunden erhellen. Zwischen der ersten und zweiten Ehe hatte er, wie er später erklärte, mit einer gewissen Margareta Pigkler einen Sohn erzeugt, den er gleichfalls Heinrich nannte, welchen Namen bekanntlich alle Söhne des Hauses Reuß führen, und derselbe mag etwa um das Jahr 1500 geboren worden sein. Er war bei seinem Vater aufgewachsen und längere Zeit dessen einziges Kind, ward wie ein ehelicher Sohn gehalten, und wußte nicht anders, als daß er das wirklich sei. Ja, da die Ehe mit der Barbara von Anhalt anfangs unfruchtbar war, so hatte sie, wie es später hieß, durch ihren Gemahl dazu vermocht, jenen Heinrich in Briefen an ihre Verwandten und sonst für ihren eigenen leiblichen Sohn ausgegeben. Das wäre denn die große Lüge[3] gewesen, welche ihr

---

[2] Am 21. Juli 1426 belehnte Kaiser Sigismund zu Blindenberg in Ungarn seinen Reichshofrichter Heinrich von Plauen mit der Burggrafschaft Meißen (s. die Urkunde in Märcker: Das Burggrafentum Meißen, Leipzig 1842, S. 544). Durch einen Machtspruch König Albrechts wurden auf dem Tage zu Preßburg, am 4. Mai 1439, die Herren von Plauen gezwungen, das Burggrafentum an die Kurfürsten von Sachsen abzutreten; ihnen blieben nur Titel und Würde (s. die Urkunden bei Märcker a. a. O., S. 554). Mit Heinrich VII. erlosch 22. Januar 1572 die Linie der Burggrafen aus dem Hause Plauen. G.

[3] Heinrich IV. war allerdings zu allerlei Listen und Winkelzügen geneigt, wie er sich denn durch einen verfälschten Lehnbrief Sitz und Stimme auf den Reichstagen zu erschleichen suchte. (Das Nähere siehe darüber bei Märcker a.a.O., S. 371. G.)

und ihrer ganzen Familie, ganz besonders aber dem unglücklichen Opfer dieser Täuschung, später so viele Not bereitet hat. In Verfolg derselben und auf ihren Anlaß hatte Barbaras Bruder, Fürst Wolfgang zu Anhalt, den jungen Heinrich einige Zeit bei sich, worauf er dem Grafen Wilhelm zu Henneberg zu weiterer Erziehung übergeben ward. Auch scheint ihm die Herrschaft Spremberg zugeteilt worden zu sein.

Inzwischen wurde aber die Burggräfin Mutter und hat nach und nach drei Söhne und zwei Töchter geboren. Mag es sein, daß die Söhne erst nach den Töchtern folgten, daß der älteste Sohn frühzeitig wieder starb, ein zweiter, welcher auch noch vor dem Vater gestorben ist, schwächlich war, daß man sich anfangs nicht sogleich aus dem verwickelten Verhältnisse herauszufinden wußte, genug, es vergingen noch Jahre, bevor der junge Heinrich, den wir den Bastard nennen wollen, ohne unsererseits vollkommen überzeugt zu sein, daß er das war, plötzlich von Schleusingen[4] abberufen und angewiesen ward, sich, aber verkleidet, bei dem Burggrafen auf dessen Schlosse Hartenstein[5] einzufinden. Hier erfuhr er, im Beisein der Burggräfin Barbara, seiner Geschwister und seiner (angeblichen) wirklichen Mutter, der Margareta Pigkler, daß er nicht der eheliche Sohn des Burggrafen und der Barbara, sondern von der gegenwärtigen Margareta Pigkler »in der Unehre erobert« sei. Der Burggraf erklärte ihm, daß er keinerlei Erbanspruch habe, und bedrohte ihn: »so er wüßte, daß er sich künftig solcher Ansprüche unterfangen würde, so würde er Riemen aus ihm schneiden lassen.« Heinrich bat erschrocken nur um seinen Unterhalt, worauf er auch eine tröstliche Zusicherung erhielt. Es scheint, daß sein Vater sich bei dem ganzen Schritte einigen Zwang habe anthun müssen, und sich deshalb, sowie vielleicht um die stillen Gewissensbisse zu unterdrücken, böslicher gestellt hat, als er gesinnt war. Der Bastard war wieder nach Schleusingen gegangen, und dorthin, scheint es, brachte ihm Kunz Wilhelm von Ende, der von seiner Jugend an bei ihm gewesen, ein Jahresgeld von 300 Fl. nebst Briefen; wie denn auch der alte Burggraf Hoffnung gemacht haben soll, ihm Sprem-

---

[4] Schleusingen war die Residenz der Grafen von Henneberg. G.

[5] Neu-Hartenstein in Böhmen. Das alte Hartenstein gehörte damals schon den Schönburgen.

berg wieder einzuräumen. Auch die Burggräfin soll ihn mit Geld unterstützt, ja sogar eine persönliche Zusammenkunft mit ihm in Schneeberg gehabt haben, wohin sie ihm wichtige Papiere gebracht hätte, die ihm später wieder abgenommen worden wären.

Von Schleusingen aus schrieb er an Fürst Wolfgang zu Anhalt, berichtete diesem den Vorgang und bat, er möchte »verschaffen, daß er Zehrung bekomme, so wolle er ins Heilige Land ziehen, und sich also verlieren, daß man nichts mehr von ihm wissen möchte,« wobei er voller Verzweiflung wünschte, daß er mit Ehren tot wäre. Gewiß eine rührende Äußerung, die den jungen Mann in viel günstigerm Lichte zeigt, als in dem er später, allerdings infolge seiner beispiellosen Lage, sich darstellte. Der alte Burggraf empfahl ihn übrigens zunächst dem Fürsten Wolfgang und dem Grafen von Henneberg, denen er zugleich vorschlug, mit Verhehlung seiner unehelichen Geburt zu versuchen, ob man ihn nicht durch Markgraf Albrecht[6] in den Deutschen Orden bringen könne. Er ist auch eine Zeitlang bei Markgraf Kasimir in Ansbach gewesen. Ferner empfahl er ihn seinen Freunden von Sternberg, von Schlick und andern. Zugleich aber errichtete er ein Testament, worin er zwei seiner Söhne des Namens Heinrich, »die damals auf dem Hartenstein bei ihm gehalten würden« – was auf den Bastard keine Anwendung fand und ebendeshalb ausdrücklich beigefügt worden sein mag – und zwei Töchter zu Erben einsetzte. Da der eine Heinrich nachher vor dem Vater gestorben, so hat das später zu dem Vorgeben geführt, als sei unter ihm der Bastard verstanden gewesen. Vor seinem Ende (1520) forderte aber der alte Burggraf seine Lehnsleute und Unterthanen vor sich und stellte ihnen seinen noch lebenden einzigen ehelichen Sohn als seinen rechten Erben vor, dem sie »Pflicht und Mannschaft anzugeloben und zu thun« hätten. Nach seinem Tode berief die Witwe, nebst den Vormündern und nächsten Verwandten des jungen Burggrafen Heinrich V., den Bastard heimlich von Ans-

---

[6] Markgraf Albrecht von Brandenburg, geb. 1490 als dritter Sohn des Markgrafen Friedrich von Ansbach, war 13. Febr. 1511 zum Hochmeister des Deutschen Ordens gewählt worden. Er trat der Reformation bei und nahm 1525 Preußen als weltliches Herzogtum zu Lehen. Sein ältester Bruder war der unten erwähnte Markgraf Kasimir von Ansbach, der 1515 nach der Abdankung seines Vaters die Regierung übernahm. Die Verstoßung des unglücklichen Heinrich wird daher erst nach 1515 stattgefunden haben. G

bach nach Teyssingen in Böhmen, wo sie ihn zwei Tage verborgen hielten und ihm vorschlugen, er solle sich des Zunamens »von Plauen« fernerhin enthalten, wogegen er die ihm verordnete Versorgung erhalten, auch zu Markgraf Albrecht geschickt werden sollte, welcher ihn in den Deutschen Orden aufnehmen würde.

Der Bastard scheint aber um diese Zeit doch schon zu der Ansicht gekommen zu sein, daß er in seiner eigentümlichen Lage größere Ansprüche zu machen veranlaßt sei. Und wer mag wissen, was sich vielleicht für Ratgeber an ihn gedrängt haben? Er kam sehr mißvergnügt von Teyssingen zurück, ließ sich in Ansbach vernehmen: »es thue ihm leid, daß er den jungen Burggrafen nicht mit sich genommen, oder etliche Häuser (Schlösser) eingenommen, so wollte er schon zu einem guten Vertrag kommen sein,« und schrieb sich fortwährend: Burggraf von Meißen und Herr von Plauen. Bemerkenswert, aber bei dem Charakter jener verworrenen Zeit erklärbar ist es dabei, daß er in der Umgebung vornehmer Herren verbleiben durfte und von ihnen dann und wann gefördert ward. Namentlich unterstützten ihn zwei Namensvettern: Heinrich Reuß der Friedfertige, der allerdings eigenhändige Briefe des alten Burggrafen hatte, worin dieser den Bastard seinen Sohn genannt, und der ältere Heinrich zu Gera;[7] dann die Grafen Wilhelm und Philipp von Nassau, Hans und Anton von Isenburg, Philipp und Bernhard von Solms, auch der Graf von Hanau und der Abt von Fulda. Markgraf Kasimir nahm ihn mit in die Niederlande zur Armee des Kaisers.[8] Er blieb aber nicht lange dabei und trieb sich jahrelang, in unstetem Leben, bald im Reich,[9] bald im Voigtlande, bald in Böhmen umher.

Er soll mehrere Pläne und Versuche gemacht haben, sich mit List oder Gewalt in den Besitz der Güter, womöglich auch der Person des jungen Burggrafen zu setzen, auch mehrere burggräfliche Vasallen und Unterthanen bewogen haben, allerlei Meuterei anzufan-

---

[7] Heinrich XVI. der Friedsame oder der Stille, gest. 1535, ist der gemeinsame Stammvater des jetzigen fürstlichen Hauses Reuß älterer und jüngerer Linie. Heinrich der ältere zu Gera starb 1538.

[8] Karl V.

[9] Wie man schon damals jene südwestlichen Teile des Reichs genannt zu haben scheint, in denen sich keine geschlossene Landeshoheit, sondern ein Gedränge von Prälaten, Reichsfürsten, kleinen Herren und Rittern fand.

gen, während man burggräflicherseits verschiedene solche Aufrüh-
rer einzog und ihnen den Prozeß machen ließ. Endlich brachte man
ihn selbst in Verhaft und auf das Schloß Hartenstein, wo man ihn so
lange gefangen hielt, bis er eine eigenhändige Urfehde ausstellte
und zu Gott und allen Heiligen beschwor, worin er bekannte, von
dem alten Burggrafen selbst gehört zu haben, er sei nicht dessen
ehelicher Sohn, sondern von der Margareta Pigkler erzielt, zugleich
auch versprach, sich künftig nie mehr für einen ehelichen Burggrafen zu nennen und zu halten, noch sich einiger Erbschaft anzuma-
ßen, sondern an seinem geordneten Unterhalt sich genügen zu lassen. Er soll diese Zusage auch nach seiner Befreiung, in Gegenwart
des Fürsten Wolfgang von Anhalt, freiwillig wiederholt haben.
Aber gar bald nahm er den burggräflichen Titel wieder an, indem er
erklärte, zu jenen Versprechungen nur durch die Bedrohung mit
hartem Gefängnis gezwungen worden zu sein. Er berief sich auf
Heinrich Reuß den Friedfertigen, den Stammvater der jetzigen Reuße, welcher das hartensteinische Verfahren höchlich gemißbilligt
und gesagt habe: »Was man thäte, müßte mit Recht geschehen. Er
gedächte seinen Vetter, den Burggrafen, unter der Erde zu keinem
Bösewicht machen zu lassen.«

Der Prätendent beschloß jetzt, seine Sache im Wege Rechtens
auszuführen, zumal er fürchtete, man möchte ihn abermals festnehmen und »zu einem Pfaffen machen, desselben Fleisches er doch
kein Stück an sich habe«. Er wendete sich um das Jahr 1527 mit
seiner Klage an den König Ferdinand[10] von Böhmen und beschwer-
te sich, daß ihm von der verwitweten Burggräfin Barbara und dem
jungen Burggrafen die väterliche Erbschaft vorenthalten werde, und
daß man ihn der zeitlichen Güter willen verleugne, da er doch ein
rechter Sohn und Erbe sei. Er hielt sich nun eine Zeitlang zu Hassenstein in Böhmen bei den Herren von Lobkowitz und Hassenstein
auf, mit deren einem sich seine älteste Schwester Margareta verhei-
ratete, eilte auch später dem König nach Regensburg nach. Aber erst
im folgenden Jahre kam es zu persönlichen Verhören beider Teile
vor der böhmischen Landtafel und dem Manngericht, wobei König
Ferdinand ein paarmal selbst im Verhör gesessen. Es ward ihm,
weil er der böhmischen Sprache nicht mächtig, ein königlicher

---

[10] Den späteren Kaiser Ferdinand I.

Kammerprokurator beigegeben, und die verwitwete Burggräfin sowie die Margareta Pigkler legten persönlich ihr Zeugnis gegen ihn ab. Er verließ Böhmen vor Entscheidung der Sache und trieb sich unstet umher, erschien auch nicht auf die Vorladung zur schließlichen Handlung, führte aber seinen Prozeß auch vor dem Tribunal der öffentlichen Meinung, indem er zwei Sendschreiben gegen die Burggräfin und seinen Stiefbruder ausstreute, die ihm einer zu Würzburg verfertigt haben soll, und denen der junge Burggraf durch eine Gegenschrift antworten ließ. Die Burggräfin Barbara starb um 1534, und ließ auf ihrem Totenbett verschiedene vom Adel zu sich vorfordern, gegen welche sie auf ihrer Seelen Seligkeit versicherte, daß kein anderer ihr leiblicher Sohn und Erbe sei als der jetzige junge Burggraf Heinrich V.

Der Prätendent hatte die gute Meinung, die ihn anfangs auf manchen Seiten begleitet hatte, zunächst durch einen Vorgang erschüttert, der sich im Jahre 1529 zutrug, hinsichtlich dessen er sich niemals gänzlich zu reinigen vermocht hat, und der seinen Gegnern viele Waffen gegen ihn bot. Er hatte sich seit längerer Zeit eines Anwalts, Namens Bernhard Hirnhofer, bedient, der ihm Schriften wider den Burggrafen verfaßt, auch Geldauslagen für ihn gemacht haben soll. Dieser Hirnhofer wurde zu jener Zeit bei Windisch-Eschenbach in der Oberpfalz, wo sich Heinrich damals aufhielt, ermordet und beraubt, und diese Unthat sollte durch die Knechte Heinrichs, Enderle Vogel, sonst von Pach genannt, und Kunz Grempel oder Wohlgemut, in Heinrichs Beisein und auf dessen Geheiß verübt worden sein. In der That wurde Enderle Vogel, auf Anlaß der von dem Pfalzgrafen Friedrich, Herzog in Bayern, angeordneten Verfolgung, 1530 zu Annaberg im sächsischen Erzgebirge verhaftet, und hatte sowohl bei den gütlichen als peinlichen Verhören angegeben: Heinrich habe schon am Tage vor dem Morde durch seine Diener, in seinem Beisein, ein Grab machen lassen, hierauf den Hirnhofer an einen Bach in der Gegend des Grabes, unter dem Vorwande des Fischens, gelockt und, als er seine Zeit ersehen, den Knechten ein Zeichen gegeben, auf ihn zuzuschlagen und ihn zu erwürgen. Heinrich habe dann sein Schwert zuerst in ihn gesteckt, Kunz das seinige darauf, und er, Enderle Vogel, habe ihn vollends mit einem Messer entleibt. Hierauf habe Heinrich dem Ermordeten ein paar Säckel mit Geld, goldene Ringe und dergleichen ab- und zu sich genommen, worauf sie den Leichnam in das Grab verscharrt, und er, Enderle Vogel, für seinen Beistand bei diesem Morde 22 Fl. von seinem Herrn bekommen. Heinrich erzählte die Sache freilich anders, ohne in Abrede zu stellen, daß die That durch seine Knechte verübt worden. Er sowohl als seine Diener hätten sich schon längst mit jenem Hirnhofer, der ein unleidlicher Mensch gewesen, auch bisweilen Gelder, die für Heinrich eingekommen, in seinen Nutzen verwendet habe, entzweit gehabt, und Hirnhofer sich darauf verlauten lassen: »er wolle dem Heinrich seine Sache, die er bisher gutgemacht, wieder böse machen und ihm einen Handel zurichten, der ihm leid werden sollte.« Er habe darum wohl im Zorn zu seinen Dienern gesagt: »so wollte er, daß ein solcher, der so gesinnt wäre, tot gestochen würde.« Als sie nun zusammen zum Fischen ausgegangen, sei er selbst vorangegangen und Hirnhofer wäre mit den Knechten nachgefolgt. Da wären denn diese mit Hirnhofer uneins geworden, hätten ihn erschlagen, ehe er noch dazugekommen, und ohne sein Wissen begraben. Dieser That habe sich der andere Knecht, Kunz, einige Zeit hernach zu Hassenstein selbst berühmt und das Schwert gezeigt, womit er den Bösewicht erstochen habe. Er habe aber diesen Knecht, der ihn in Gefahr gebracht, nicht länger behalten wollen, sondern entlassen. Bei dieser Aussage blieb er auch unter der Peinlichkeit.

Der Burggraf, jetzt königlich böhmischer Schenk, hatte inzwischen in dem Filiationsprozeß, der noch immer vor den böhmischen Gerichten fortging, eine Citation vom 4. März 1534 ausgebracht, worin beide Parteien auf Montag nach Quasimodogeniti nach Prag geladen wurden, dem unehelichen Heinrich aber in betreff des angeschuldigten Mordes königlich böhmisches frei sicher Geleit gegeben wurde. Diese Citation ließ der Burggraf überall anschlagen, bis endlich einer seiner Diener Heinrich persönlich traf und ihm Ladung und Geleit behändigte. Er erbat und erhielt Prolongation bis zum 5. Oktober, wo dann beide Teile im Termin erschienen. Beide beriefen sich auf Zeugen und Urkunden, und dies veranlaßte wieder einen Aufschub bis zum Dezember, wo aber Heinrich nur einen Diener, Lorenz Thoß, an seinen Anwalt schickte, mit dem Vermelden, daß er krank sei. Reminiscere 1535 wurde die Sache nochmals erörtert und am 3. Juni ein Endurteil eröffnet. Der Prätendent berief sich darauf, daß die Burggräfin Barbara ihn von Jugend auf, sowohl mündlich als schriftlich, als ihren Sohn erkannt; ebenso habe ihn des Burggrafen Tochter[11] als ihren Bruder erkannt, und er sei überall im Reiche als der ältere burggräfliche Sohn gehalten und geehrt worden. Kaiser Maximilian und König Wladislaus[12] hätten in verschiedenen an den alten Burggrafen gerichteten Urkunden seiner als des burggräflichen Sohnes gedacht, und der Burggraf selbst habe ihn in einer Urkunde und andern Briefschaften als solchen bezeichnet. Der Reuß von Plauen, der Graf von Leißnig, der Ritter von der Heide, Albrecht Schlick, die von Lutitz und von Walsch, samt mehreren böhmischen und fränkischen Adligen, wie auch verschiedene Personen gemeinen Standes hätten seine eheliche Geburt entweder bereits bezeugt oder sich dazu erboten. Die Gegenpartei verwarf einige Zeugen geringern Standes, weil sie offenbaren Meineides überführt seien, stellte andern entgegen, daß sie nur vom Hörensagen zeugten, und bezog den Inhalt der Urkunden auf die ehelichen Söhne des alten Burggrafen. Sie berief sich ferner auf das Zeugnis der Margareta Pigkler und das des Priesters, welcher den Prätendenten als ein uneheliches Kind taufen wollte. Ferner ward hervorgehoben, daß der alte Burggraf seine vorherige Anerkennung gegen glaubwürdige Personen sowie gegen den Prätendenten selbst widerrufen habe, desgleichen von der Burggräfin Barbara sowohl vor dem König als auch auf ihrem Totenbette geschehen sei. Das väterliche Testament gedenke nur zweier Söhne, »so dermalen in dem Hartenstein gehalten würden,« keineswegs aber eines dritten, der damals im Reich erzogen worden. Ein schlimmer Umstand war für den Prätendenten, daß man ihn überführte und er auch nicht leugnen konnte, von einem Majestätsbrief des Königs Wladislaus die Siegel heruntergerissen und auf eine von ihm selbst gefertigte Urkunde gedrückt zu haben. Endlich führte man noch sein eigenes schriftliches Zeugnis sowie die Aussagen vieler Zeugen an. Heinrich replizierte zwar darauf, daß die Zeugen zum Teil sich widersprächen, zum Teil erkauft oder Unterthanen seien, daß Priester Dinge, die sie in der Beichte gehört, unerlaubterweise offenbart hätten, daß die Margareta Pigkler zu ihrer Aussage gezwungen worden sei und solche hernach habe widerrufen wollen, wie denn er selbst zu seinem Zeugnis gewaltsamerweise

---

[11] Wahrscheinlich die Frau von Lobkowitz.

[12] Wladislaus, König von Böhmen 1471-1516. G.

genötigt worden. Das böhmische Landrecht gab aber sein Urteil dahin:

> »Daß Herr Heinrich von Plauen, der nach dem alten Herrn Heinrich von Plauen, alle Hab und Güter innenhält, allein ein rechter Erbe mit der Frauen Barbara seinem ehelichen Gemahl erzeugt sei. Und deshalben solle derselbe Heinrich, so im Reich erzogen, sich in die Güter und Erbschaften dieses Herrn Heinrichs von Plauen nicht einlegen, und sich derselben nicht anmaßen, noch unterstehen, denn er zu denselben Gütern und Erbschaft keine Gerechtigkeit habe.«

Gegen eine weitere Untersuchung der »bösen Stücke und Händel« Heinrichs, welche der Burggraf beantragt, schützte jenen das königliche Geleit, welches der Hauptmann auf dem Prager Schlosse nicht brechen wollte, während die Richter allerdings geneigt waren, Heinrich in Arrest zu behalten, und deswegen dem Hauptmann Auftrag erteilt hatten. Nun vermochte der Burggraf, wiewohl mit großer Mühe, seinen Bruder, daß er zum Behuf eines gütlichen Vergleichs zu ihm in seine Behausung kam, woselbst dem Prätendenten von verschiedenen anwesenden böhmischen Herren unter den Fuß gegeben wurde, dem Burggrafen Abbitte zu thun, seine Schmähschriften zu widerrufen, sich dem Urteil zu unterwerfen, auf die Güter und Titel Verzicht zu leisten und sich fernerhin friedlich zu halten, wogegen ihm der Burggraf jährlich 2-300 Fl. zu seinem Unterhalt geben würde. Namentlich Wolf Schlick und Niklas Hassenstein (Lobkowitz) redeten ihm angelegentlichst zu. Heinrich aber erklärte, daß er sich lieber henken lassen als dieses eingehen wolle, ergriff aber auch kein Rechtsmittel, sondern ließ das Urteil rechtskräftig werden.

Es muß bemerkt werden, daß die Schöppen zu Leipzig und Magdeburg sowie das Hofgericht zu Wittenberg, bei denen der Burggraf später rechtliche Belehrungen eingeholt, erklärt haben, daß diese Rechtskraft des in Prag gesprochenen Urteils die vornehmste Schutzwehr sei, welche der Burggraf gegen Heinrichs fernere Unternehmungen habe. Ja der Leipziger Ordinarius Dr. Fachs[13] hielt in einem rechtlichen Bedenken dafür, daß nach kaiserlichen Rechten

---

[13] Ludwig Fachs, Dr. jur., kaiserl. Rat, Ordinarius und Bürgermeister zu Leipzig, bei vielen großen Staatshandlungen wirksam, gest. 6. April 1554.

schwerlich zu erlangen gewesen wäre, daß man einen Sohn, zu dem sich Vater und Mutter einmal bekannt und ihn als solchen aufgezogen, aus dem Besitz der Kindschaft setzen könne; daß ein schwerer, ja schier unmöglicher Beweis dazu gehöre, wenn man ausführen wollte, daß sich Vater und Mutter geirrt, oder daß der nicht ihrer beider Sohn sei, den sie dafür bekennet; ja daß auch der Eltern eigene Aussage, wie sie der Güter halber einen fälschlich für ihren Sohn ausgegeben, als eine Anführung der eigenen Schande nicht zulässig, wenn keine andern höchst wichtigen und vollkommen schlüssigen Beweismittel vorhanden. Die Rechtskraft des Urteils sei der einzige Grund, welcher Stich halte, und worauf der Burggraf in alle Wege zu beruhen hätte. Es würde aber auch jetzt noch wohlgethan sein, dem gedachten Heinrich eine jährliche Unterhaltsumme auszusetzen, und daneben noch besonders eine Summe Geldes auf einmal zu geben, wobei er anführte, daß schon früher dergleichen Vorschläge, bis auf 15 000 Fl. und Beibehaltung des Titels: Herr von Plauen, geschehen wären. Die Juristenfakultät zu Frankfurt a. d. O. und der Schöppenstuhl zu Magdeburg, bei welchen später der Bastard rechtliche Belehrungen einholte, haben sogar erkannt:»daß er durch das böhmische Urteil nicht geächtet werden könne, und daß er vielmehr seines Standes, Titels und *quasi possessionis filiationis et lgitimitatis*, darein ihn der alte Burggraf konstituiert, genießen müsse, bis er, wie es sich zu Recht eignete und gebührte, daraus entsetzet würde.«

Der Burggraf hatte sich beeilt, unter dem 16. Juni 1536 das Urteil in einer Schrift bekannt zu machen, welche den Titel führt:

>»Hierinnen ist ausgedrückt der Rechtsspruch, der von denen Herren und Ritterschaften in dem Landrechte der löblichen Kron zu Beheim, zwischen dem Hochgebornen Herrn Heinrichen, des Heiligen Römischen Reichs Burkgrafen zu Meißen, Grafen zu Hartenstein und Herrn zu Plauen sc. an einem, und Heinrichen, der sich erdichtet, mit Listigkeit, wider sein eigen Gewissen, eine Zeit lang den Eltern Herrn von Plauen ausgeben und genannt, andern Theils ergangen, und daneben wahrhaftiger Unterricht, darauf das Urtheil gegründet; und des genannten Heinrichen, der unehelicher Geburt ist, ein gedruckt Büchlein *Anno 1527 Estomihi* ausgangen, kein Wahrheit in sich heldet. Auch daß er treuloß mein-

eidig, und seinen eigenen Diener Bernhard Hirnhofer ermordt hat, dem weder zu trauen noch zu glauben ec.«

In derselben Schrift ward männiglich ersucht, dem gedachten Heinrich keinen Schutz, Aufenthalt oder Förderung zu geben, sondern denselben vielmehr, auf des Burggrafen Kosten, in peinlichen Verhaft zu nehmen, damit der Gebühr nach gegen ihn verfahren werden könne.

Der Prätendent reiste zunächst zu seinem alten Gönner Heinrich dem Friedfertigen, fand aber, daß derselbe inzwischen gestorben (1535), und wollte wissen, er habe vor seinem Ende noch ganz traurig gesagt: »O wie wird es meinem Vetter in Böhmen jetzt gehen!« Bei der Durchreise durch das Voigtland streute er in den burggräflichen Herrschaften allerlei gefährliche Drohungen aus, suchte die Lehensleute und Unterthanen aufzuwiegeln, und mit einigen unruhigen Edelleuten, namentlich dem von der Heide und dem von Wildenstein, ein Komplott zu machen. Jetzt ward er aber von König Ferdinand für einen Feind der Krone Böhmen erklärt, und es ging der Befehl aus, nach seiner Person zu trachten. Er ging nun in französische Dienste, ward Hauptmann, und will in Frankreich bei 3000 Fl. erübrigt haben, mit denen er nach Deutschland zurückkehrte. Im Jahre 1541 ward er mit einigen seiner Anhänger in Annaberg verhaftet, und vor dasigen Stadtgerichten durch Anwälte, sowohl des Königs von Böhmen selbst als auch des böhmischen Landrechts und des Burggrafen, der jetzt Oberstkanzler in Böhmen und einer der ersten Staats- und Kriegsmänner des Königs Ferdinand war, belangt. Er wurde jedoch im Gefängnis, auf ausdrücklichen Befehl der Herzoge Heinrich und Moritz von Sachsen,[14] sehr wohl gehalten. Es wurden verschiedene Beiurteile eingeholt, endlich aber der Beklagte, den böhmischen Anwälten gegenüber, *propter contumaciam*, dem Burggrafen gegenüber *ab instantia*. absolviert, und auf seine Loslassung gegen Leistung der Urfehde erkannt, Gegenteil aber in die Kosten verurteilt. Zwar verzögerte sich Heinrichs Freilassung doch noch, und der Prozeß gegen ihn und seine Mitgefangenen wurde fortgesetzt; aber es fanden sich dienstwillige Leute, durch deren Hilfe Heinrich aus dem Gefängnis entkommen, sich an Stri-

---

[14] Sein Gefängnis fiel in die Zeit, wo Heinrich starb (1541) und Moritz ihm nachfolgte.

cken von dem Turm herunterlassen und zu Pferde entrinnen konnte. Später sind auch die übrigen Gefangenen durch Urteil und Recht entlassen und der Burggraf in alle Schäden und Unkosten, die auf 2244 Fl. berechnet wurden, ja sogar in die Sachsenbuße,[15] verurteilt worden. Heinrich bediente sich namentlich eines Leipziger Sachwalters, Dr. Scheffel.

Er floh zunächst nach Nürnberg und suchte vergebens bei König Ferdinand um sicheres Geleit nach, der ihn vielmehr nochmals öffentlich für seinen und der Krone Böhmen Feind erklärte. Besser gelang es ihm bei dem Kaiser, bei dem er einen einflußreichen Fürsprecher an dem damals von den Schmalkaldischen Bundesgenossen verjagten Herzog von Braunschweig[16] gewann. Dieser nahm ihn mit zu der kaiserlichen Armee ins Jülichsche und vor Landrecy, und verschaffte ihm einen kaiserlichen Geleitsbrief vom 11. August 1543, der seiner Sache allerdings einen ganz neuen Vorschub leistete. Der Kaiser nannte ihn darin den »Hochgeborenen Unsern und des Reiches Fürsten und lieben getreuen Heinrich, den ältern Burggrafen zu Meißen, Grafen zu Hartenstein und Herrn zu Plauen, auch Graf Heinrich der ältere zu Plauen genannt,« führte auch auf, daß »ihm von seinem Bruder, Heinrich dem jüngern von Plauen, vielerlei Beschwerung und Antastung seiner Ehre und Glimpfs wider Recht und Billigkeit aufgelegt worden.« Deshalb ward des Kaisers und Reichs sicher Geleit aufgelegt, und männiglich bei Vermeidung einer Pön von 50 Mark lötigen Goldes befohlen, ihn nebst seinen Dienern und Angehörigen dabei zu handhaben.

Natürlich, daß die Ausdrücke dieses kaiserlichen Geleitsbriefes dem Burggrafen äußerst unangenehm sein mußten. Er wendete sich

---

[15] Sachsenbuße nannte man die Entschädigung, die nach altem sächsischem Recht derjenige zu fordern hatte, der ungerechterweise gefangen gehalten war. Zahlungspflichtig war sowohl der Richter, der die Strafe verhängt, als auch derjenige, der sie durch seine Aussage veranlaßt hatte. Die Sachsenbuße betrug herkömmlich 40 Groschen für jeden Tag und jede Nacht. G.

[16] Herzog Heinrich der jüngere von Braunschweig-Wolfenbüttel war ein eifriger Anhänger des Katholizismus. Als er die Städte Braunschweig und Goslar bedrohte, riefen diese die Schmalkaldener zu Hilfe, die Heinrich aus seinem Lande vertrieben. 1545 suchte er mit Waffengewalt zurückzukehren, wurde aber beim Kloster Höckelem geschlagen und gefangen genommen. Erst nach der Schlacht bei Mühlberg 1547 wurde er wieder in Freiheit gesetzt. G.

an König Ferdinand, damit dieser es bei dem Kaiser dahin bringe, daß dieses sichere Geleit wieder aufgehoben und er gegen die dem Heinrich beigelegten Titulaturen und andere nachteilige Ausdrücke durch kaiserliche Urkunde gesichert würde. Der König sprach auch 1544 zu Speier mit dem Kaiser über die Sache, woraus denn eine nochmalige Untersuchung derselben durch niedergesetzte Kommissarien hervorging. Die Anwälte beider Teile brachten ihre rechtliche Notdurft ein, und König Ferdinand, allerdings der besondere Gönner des Burggrafen, erteilte zuletzt seinen Bescheid. Dieser scheint denn auch gegen den Prätendenten ausgefallen zu sein; denn bald darauf ward das, »dem, der sich Heinrichen und Einen von Plauen nennt,« erteilte sichere Geleit wieder aufgehoben, mit dem Zusatze, daß, weil Heinrich an keinem sichern Ort anzutreffen, diese Aufkündigung erst in anderthalb Monaten gelten solle, damit Heinrich dieselbe erfahren und sich danach richten möge. Auch erhielt der Burggraf eine kaiserliche Urkunde, von Worms den 26. Juli 1545, worin der Kaiser noch besonders erklärte, daß das dem vermeinten Heinrich 1543 erteilte Geleit und die darin gebrauchten Ausdrücke dem Burggrafen und seiner Mutter Erben und Nachkommen an »ihren Ehren und gutem Gerücht unverletzlich und unnachteilig sein solle«.

Heinrich war noch im Jahre 1545, wo der Herzog von Braunschweig gefangen wurde, bei diesem und diente ihm mit sechs Pferden. Nachmals begab er sich zu des Herzogs von Sachsen[17] Kriegsheer, dem er in dem Schmalkaldischen Kriege mit vier Schützenpferden diente. Von Ende 1547 an hatte er aber keine bleibende Stätte, schweifte im Hennebergischen, Franken, dem Reiche und an der böhmischen Grenze umher, legte sich bei guten Gönnern, Freunden und Bekannten ein und ward völlig zum Stegreifritter. Er hielt sich stets einige handfeste und bewehrte, wohlgepanzerte reisige Knechte, die er in schwarzes Tuch mit farbigem Unterfutter kleidete. Mit vier solchen Knechten warf er am 7. Oktober 1547 bei Waldsachsen, unweit Eger, einen Bürger aus Brixen und dessen Knecht auf offener Straße nieder, ließ beide in einen Wald führen und ihnen 3-400 Fl. abnehmen, worauf sie an Bäume gebunden und ihnen Riemen durch den Mund gezogen wurden. Heinrich nahm

---

[17] Herzog Moritz, der spätere Kurfürst von Sachsen.

das Geld der Beraubten zu sich und überließ die Pferde den Knechten. Während er diese ihn freilich diskreditierende Lebensart führte, wendete er sich wiederholt mit vergeblichen Bittschriften um Sicherheit und anderweite gerechte Untersuchung seiner Sache an den Kaiser, wobei er sich stets mit all seinen beanspruchten Titeln unterzeichnete. Er bat auch den nunmehrigen Kurfürsten Moritz um eine Intercession sowie um *executoriales* wegen der ihm bei dem Annaberger Prozeß zuerkannten Schäden und Unkosten, deren Rückstand er auf 7400 Fl. angab. Es scheint auch dies ohne Wirkung geblieben zu sein.

Sein Wegelagererleben führte endlich seine letzte Katastrophe herbei. Zu Anfang des Jahres 1548 hielt er sich bei dem Grafen von Reineck auf, und machte mit einem Vasallen desselben, Joachim Truchseß, einem »verthuischen Gesellen,« Bekanntschaft, der sich bereit zeigte, mit ihm zu reiten, wenn er jemand brauchte. Er forderte ihn also zu einem Ritt gen Nürnberg, auch wohl Augsburg auf; indes war Truchseß diesmal abgehalten und gab ihm bloß einen Knecht, Ludwig Metzger, mit. Heinrich schickte jetzt seine meisten Reisigen ins Gebirg voraus, um bei denen von Schaumberg, von Sparneck und von Künsperg zu Wernstein seine Rüstungen zusammenzuholen, und bestimmte ihnen einen Sammelplatz. Er selbst ritt von Lohr zuvörderst zu dem von Thüngen zu Arnstein, dann über Kloster Eberach nach Mergentheim, Rotenburg an der Tauber und Kloster Heilbronn. Unterwegs warb er verschiedene neue Leute. Bei Mergentheim traf er das Frankfurter Geleite an und hielt sich nun immer in dessen Nähe. Im Kloster Heilbronn ließ er die meisten Knechte zurück, mit dem Bescheid, daß er nach Nürnberg reise und zur Herberge beim Ochsenfelder, wo immer viel Böhmen lägen, einziehen wolle, um zu sehen, »ob er etwa einen großen Hannsen erschnappen könne, der ihm zu seiner Sache gut wäre«. (Es war ihm also nicht sowohl um Beute, als um »seine Sache« zu thun.) Die Knechte sollten einen Tag später nachkommen, aber in eine andere Herberge, die er ihnen angab, einziehen. Er selbst zog mit dem Truchseßschen Knecht allein fort und befahl diesem vor Nürnberg, ihn daselbst Wolf von Reifenberg zu nennen. Unter diesem Namen zog er am 10. April in die Herberge ein, und gab sich für einen

Oberstallmeister des Markgrafen Albrecht[18] aus, der das Geleit von Frankfurt herauf begleitet und weiter nach Augsburg zu reiten gedächte; worauf ihm denn auch die Herren von Nürnberg das übliche Geschenk schickten. In der Herberge zechte er weidlich, traf daselbst verschiedene böhmische Kaufleute und erkundigte sich bei ihnen nach dem Burggrafen, nach den Schlicks und andern. Ein besonderes Augenmerk richtete er auf den böhmischen Kammerrat Christoph von Gendorf auf der hohen Elb, der auf einer Reise zu König Ferdinand nach Augsburg in jener Herberge rastete. Heinrichs Knechte kamen richtig nach; er beratschlagte mit ihnen, und es ward beschlossen, den von Gendorf, wenn er nach Augsburg abreise, an einem Ort, der Hahnenkampf genannt, anzugreifen. Die Knechte wurden deshalb nach Schwabach geschickt, wo sie ihre Wehre schleifen ließen und ihre ganze Rüstung in stand setzten.

---

[18] Markgraf Albrecht Alcibiades von Brandenburg-Kulmbach, geb. 1523, gest. 1557. G.

Zu Heinrichs Unglück und des von Gendorf Rettung aber war der erstere erkannt worden. Unter den Gästen, mit denen Heinrich verkehrte, befand sich ein Annaberger Kaufmann, der ihn in Annaberg gesehen hatte, und ein Unterthan des Burggrafen, ein Kaufmann von Luditz in Böhmen, der auf das burggräfliche Wappen in Heinrichs Siegelring aufmerksam wurde. Als Heinrich letzteres bemerkte, drehte er den Ring in die Hand hinein, was natürlich den Verdacht nur schärfte. Diese beiden Leute benachrichtigten den von Gendorf von ihrer Entdeckung, worauf derselbe Heinrich, der ihm bis dahin immer ausgewichen, zu Gesicht zu bekommen suchte und ihn alsbald erkannte. Gendorf machte darauf im Gasthofe bekannt, daß er nun aufbrechen wolle, und sofort ließ auch Heinrich seine Pferde satteln. Während aber Heinrich auch noch einen Gang in die Stadt that, ließ der von Gendorf die Stadtdiener kommen und Heinrich, als er wiederkam und sich zu Pferde setzte, samt dem Truchseßschen Knechte im Namen König Ferdinands in Haft nehmen. Heinrich suchte sich anfänglich durchzuschlagen und berief sich dann auf sein kaiserliches Geleit, was aber von Gendorf für längst kassiert erklärte. Der Ärger über das an Heinrich verschwendete Ehrengeschenk wird die Herren von Nürnberg auch nicht sehr wohl für ihn gestimmt haben. Gendorf berichtete am 14. April den ganzen Vorgang an König Ferdinand nach Augsburg, und reiste auch selbst dahin ab. Unterm 22. April erging ein königliches Reskript an den Rat zu Nürnberg, darin Heinrichs und seiner Diener Verhaftung zu besonderm gnädigsten Gefallen angenommen und zugleich befohlen wurde, die Gefangenen bis auf weitere Verordnung wohl zu verwahren und, wo es nicht schon geschehen, voneinander abzusondern.

Kammerrat von Gendorf kam mit königlicher Instruktion am 2. Mai nach Nürnberg zurück, hatte schon in Schwabach Erkundigungen eingezogen, übergab dem Rate sein Beglaubigungsschreiben und begehrte, daß durch einige Verordnete des Rats, in seiner Gegenwart, zuerst der Knecht und dann der Herr über gewisse ihm mitgegebene Artikel vernommen, das Protokoll an den König eingesendet und die Gefangenen bis auf weitern Befehl wohl verwahrt werden möchten. Da der Rat von Nürnberg Anstand nahm, diese Vernehmungen selbst zu besorgen, so nahm sie von Gendorf vor und verhörte am 7. Mai zuerst den Knecht, der aber nichts anzugeben wußte, als daß es Heinrichs Vorsatz gewesen, dem von Gendorf aufzulauern und ihn niederzuwerfen. Folgenden Tags nahm er Heinrich selbst vor und mußte sich den ganzen Tag mit Zureden, Drohen und Vertrösten erschöpfen, bis er ihn zum Geständnis gebracht, daß er ihn habe niederwerfen wollen. Heinrich erklärte nun auch, daß er, »wenn ihm auch der böhmische Kanzler (sein Bruder) aufgestoßen wäre und er dessen mächtig werden können, er ihn nicht würde ausgeschlagen haben, jedoch nicht um ihm an Leib und Leben Schaden zu thun, sondern um zu einiger Zehrung zu gelangen und etwa auch einen vorteilhaften Vertrag zu erzwingen.« An dem von Gendorf habe er sich zugleich etwas rächen wollen, da er ihm zum öftern nachgetrachtet und einige Personen, die für ihn gehalten worden, habe festnehmen wollen. Seine übrigen ihm vorgehaltenen Übelthaten gestand er meistenteils ein. Zuletzt ward er sehr demütig. Er bat Gendorf um Verzeihung und ergab sich in die Gnade der Herrscher. Er hatte wohl Grund, zu bitten, »daß die Majestäten bedenken möchten, wie er zu der Sache gekommen und wie es ihm allezeit ergangen sei. Er habe sich freilich unablässig als einer erzeigen müssen, der alles gethan, um bei Ehren zu bleiben, habe auch öfters großes Elend und Armut erleiden müssen, welches ihn zu vielem verleitet; er sei auch durch heillose Leute irre gemacht worden, und da er öffentlich für einen Feind des Königs erklärt worden, so sei es nicht zu verwundern, wenn er auch wohl einmal feindlich gehandelt habe; immer aber habe er nur gesucht, zu einem leidlichen, billigen Vertrag zu kommen. Die Majestäten und sein Herr Bruder, der Oberstkanzler, möchten beherzigen, daß, wie vor Augen läge, er schon so alt und schwach wäre, daß er nicht wohl über ein paar Jahre mehr leben könne.« Gendorf vernahm hierauf den Knecht Metzger nochmals und schickte, unter dem 12. Mai, die Protokolle an den König nach Augsburg, wobei er auch anführte, daß die Knechte und Anhänger Heinrichs die Straßen allerwärts durch Raub und Mord unsicher machten. Am 29. April seien einige böhmische Unterthanen bei Waldsachsen auf der Straße beraubt, und vor kurzem sei ein Nürnberger Handelsmann bei Saalfeld auf der Heide mit vielen Wunden ermordet worden. Bereits seien deshalb die von Nürnberg von verschiedenen Orten her um Loslassung der Gefangenen angegangen worden und möchten dieselben in der That gern von dannen sehen, damit ihre Bürger nicht in Gefährdung kämen. Heinrich habe übrigens anfänglich die stärksten Weine, als Rheinfall, Malvasier und dergleichen begehrt und Tag und Nacht große Kannen davon ausgetrunken. Jetzt lasse er ihm nur nach Notdurft Wein geben, aber doch koste sein Unterhalt, außer Knecht und Pferden, wöchentlich 7-8 Fl. Auch an den Burggrafen schrieb er und ermahnte auch hier, den Gefangenen von Nürnberg fort und etwa nach Böhmen bringen zu lassen; in Nürnberg möchte er ihnen zuletzt wieder entgehen, zumal sich viele Herren und Edelleute bei den Herren von Nürnberg um dessen Erledigung bemüht haben sollten.

In der That wurden die Gefangenen bald darauf, auf kaiserlichen und königlichen Befehl, nach Augsburg gebracht, und daselbst am 8. und 9. Juni vor den kaiserlichen Alkalden Dr. Zynner, Beisitzer des Kammergerichts, und einige zugeordnete kaiserliche und königliche Räte gestellt. Nach der gütlichen Befragung wurde zur peinlichen Frage geschritten, ohne die man in jener Zeit eine Untersuchung nicht für vollständig hielt. Sie erfolgte bei Heinrich am 20. Juni 1548 im Beisein des Alkalden, welcher vorher protestierte: »ob dem Gefangenen was Schaden an seinem Leibe, Leben oder Gliedern in der strengen Pön geschehen möchte, daß er daran gänzlich keine Schuld haben wolle.« Heinrich aber protestierte: »ob er weiter dann bevor bekennen würde, daß er mit peinlicher Frage dazu gedrungen worden, auch dasselbige als die Unwahrheit vor seinem letzten Ende widerrufen haben wollte.« Er wurde darauf besonders wegen des Hirnhoferschen Mordes, wegen des Betrugs mit dem königlichen Insiegel, wegen der Attentate auf die Schlösser des Burggrafen, wegen eines am 17. März 1548 vorgekommenen Straßenraubes, und ob er dabei zugegen gewesen, und wegen seiner Absicht in Nürnberg befragt. Da er nicht mehr als vorher bekennen wollte, so wurde er an das Seil gebunden und damit angezogen. Da aber nichts weiteres aus ihm zu bringen und der Profoß anzeigte, daß er mit einem merklichen ausfallenden Bruch behaftet sei, wurde er wieder losgemacht und ihm von dem Alkalden eine dreitägige Frist, um seine rechtliche Notdurft in betreff des von ihm Bekannten beizubringen, gegeben. Er antwortete: »er wisse nichts dagegen fürzubringen und begehre Gnade. Sofern aber die Kaiserliche Majestät sie ihm nicht widerfahren lassen wolle, bitte er, ihm einen Priester zuzugeben, damit er wie ein Christ versehen werden möchte.« Nun mischt sich der Konfessionspunkt ein. Der Alkalde erwiderte nämlich: »Die kaiserliche Majestät werde ihm nicht abschlagen, so es zu dem Fall käme, einen Priester der alten Religion zuzuordnen, und das hochwürdige Sakrament nach altem Gebrauch reichen zu lassen.« Heinrich versetzte: »er habe soeben das hochwürdige Sakrament in beiderlei Gestalt genommen, und sei der Gebrauch, daß man einem auflege, er solle es hernach nie wieder in einer Gestalt nehmen; er bitte daher, ihm dasselbe wieder und also zu reichen.« Es hat ihm aber der Alkalde zu vernehmen gegeben: »Die kaiserliche Majestät habe es bisher nicht so gehalten, und glaube er demnach auch nicht, daß sie es thun werde. Inquisit möge sich also bedenken und seiner Seelen Heil bedenken, denn das sei seiner von Gott vorgesetzten Obrigkeit Befehl.« An demselben Tage ward auch, sehr unnötigerweise, der Knecht Ludwig Metzler peinlich befragt, konnte nichts weiter aussagen, weil er nichts wußte, und bat um Gnade, wie denn auch Heinrich für ihn bat und seine Unschuld bezeugte.

Der Alkalde und die ihm zugeordneten kaiserlichen Räte fertigten nun folgendes Urteil:

»Als in Besichtigung der Inquisition und peinlichen Proceß auf Befehl kaiserlicher Majestät, und von Amtswegen wider der sich nennt den Eltern von Plauen, fürgenommen worden, auch der vielfältigen Bekenntnissen desselben Heinrichen, so er mehrentheils außerhalb peinlicher Frag gethan, sich befunden hat, daß gemeldter vermeinte von Plauen etliche Personen raublich angegriffen und beraubt, auch andere beschwerliche Mishandlungen begangen, und noch mehr durch sich und andere angerichtete Personen, zu begehen, in Uebung und nächster Zubereitung geweßt, derhalben er Leib und Leben verwirkt; demnach auf Befehl Kaiserlicher Majestät ist durch Ihrer Majestät Alkalde oder Ober-Hof-Richter auch die zugeordnete Kaiserliche Räthe zu Recht erkannt, daß gemeldter von Plauen aus dem Kaiserlichen Gefängniß, darinnen er verwahret worden ist, durch den Nachrichter, auf die gewöhnliche Kaiserliche Richtstatt in dieser Stadt Augsburg geführet, und alda mit dem Schwert vom Leben zum Tode gebracht werden soll, ihm selbst zur Strafe um seine beschwerliche Verhandlungen und menniglich zu einem Ebenbild sich vor dergleichen zu hüten.«

Dieses Urteil, worin weder auf die Hirnhofersche Sache noch auf das Verhältnis Heinrichs zu dem Burggrafen und der Krone Böhmen Bezug genommen ist, sondern die Strafe lediglich auf die Wegelagereien der letzten Jahre basiert wird, wurde dem Heinrich am 3. Juli 1548, auf dem Rathause zu Augsburg, im Beisein Johann Koblins, verordneten Gerichtsschreibers, und zweier Zeugen, eröffnet, sofort aber beigefügt:

>Daß Kaiserliche Majestät in Bedenkung der trefflichen Fürbitte Römischer, zu Hungern und Böheim Königl. Majestät, Ihrer Kaiserlichen Majestät freundlichen lieben Bruders, dem gemeldeten Heinrichen, vermeynten von Plauen, aus Gnaden sein Leben geschenkt, und die gemeldte Strafe des leiblichen Todes in eine andere Strafe verwandelt, nemlich, daß er, Heinrich, in ewige Gefängniß genommen und also verwahret die Tage seines Lebens darinnen enden, auch deshalb er alsobald hochgedachter Königlicher Majestäten Profoßen, mit Namen Ottmar Peuerl, überantwortet werden sollte, denselben ferner seinem habenden Königlichen Befehl nach mit sich zu nehmen, zu halten und mit Fleiß zu verwahren.«

Der Knecht Ludwig Metzler dagegen wurde am 5. Juli 1548 der Haft entlassen, mußte aber »einen leiblichen Eid zu Gott und den Heiligen schwören, daß er wider Kaiserliche und die Römisch Königliche Majestät und derselben Königreich, Fürstentum und Erblande nimmermehr dienen und weder Rath noch That wider Ihre Majestät geben noch leisten wolle, und daß er auf ein ganz Jahr lang nach seiner Erledigung kein Gewehr tragen und auf keinem Gaul von Reitens wegen sitzen solle, alles bei Straf an Leib und Leben, nach der Kaiserlichen Majestät Ermessen.«

Unter dem 3. August reskribierte hierauf König Ferdinand an den Burggrafen und Oberstkanzler nach Prag: wie er *auf die mit ihm genommene Abrede* entschlossen sei, den Gefangenen auf dem königlichen Schlosse Agstein, zwischen Melk und Stein, verwahren zu lassen. Der Oberstkanzler möge »seinem gethanen Bewilligen und Erbieten nach,« zwei vertraute Personen, die den Gefangenen bei Tag und Nacht bewachen sollten, nach Wien schicken und den nötigen Unterhalt für sie und den Gefangenen anweisen. Der Oberstkanzler erwiderte unter dem 18. August: daß er in Böhmen dergleichen Personen, die einen solchen listigen Gefangenen, der schon aus Gefängnissen entkommen, zu verwahren geeignet wären, nicht finden könne, und auch aus vielen beweglichen Ursachen nicht wohl thunlich wäre, aus seinen eigenen Leuten bei der Verwahrung desselben zu haben, indem ihm dies viel Verdacht bringen könne. Im übrigen verstand er sich dazu, die nötigen Unterhaltskosten jederzeit dahin, wo der König es wünsche, zu entrichten, bat aber, unnötige Unkosten möglichst zu vermeiden, auch den Gefangenen wohl verwahren und in acht nehmen zu lassen, »damit sonst nicht die letzten Dinge ärger würden, als die ersten, und hingegen dadurch Ihro Majestät selbst, die Krone Böhmen und der Oberstkanzler für mehreren Unrat sicher gestellt sein mögen«. Mit diesem Schreiben fertigte er einen Diener nach Wien ab, der zugleich das Nötige vorläufig besorgen, den erforderlichen Vorschuß machen, dabei aber auch darauf antragen sollte, daß Heinrich, »um besorglichen Mißbrauchs willen,« alles Geld, nebst dem Petschaftringe mit dem Plauischen Wappen, abgenommen würde. Der König übertrug die Oberaufsicht über den Gefangenen und die zu dessen Verwahrung zu treffenden Anstalten seinem Hofmarschall von Trautsam, Freiherrn zu Sprechenstein. Zu Anfang des September wurde der Pfleger des Schlosses zu Agstein nach Wien gefordert, um wegen Unterbringung und Verpflegung des Gefangenen mit ihm zu sprechen.

Inzwischen brachte es der Oberstkanzler dahin, daß der Gefangene, durch den königlichen Rat Zoppel zum Haus und den Sekretär Chrysogonus Dietz, über 56 Fragstücke vernommen wurde, welche besonders seine Helfershelfer und seine Anschläge gegen die burggräflichen Güter, namentlich aber sein Verhältnis zu Heinrich dem Ältern Reuß von Plauen sowie seine Absichten bei seiner letzten Reise betrafen. Der Burggraf hatte damals die Besitzungen jenes seines Vetters inne und hätte wohl gern einen Grund mehr gegen ihn gehabt. Heinrich sagte aber nichts Erhebliches aus, und den genannten Reuß sprach er von aller Teilnahme an gefährlichen Ratschlägen frei. Bei seiner letzten Reise habe er nur die Absicht gehabt, mit seinem Sachwalter Dr. Rummel zu Nürnberg zu sprechen und hierauf in Augsburg einen Versuch zu machen, ob er nicht, unter Erlangung eines jährlichen Unterhalts von 500 Fl., einen annehmlichen Vergleich treffen könne. Zu solchem Vergleich sei er auch jetzt noch bereit, damit er nicht »seinem Vater zu schanden allda sein Lebelang sitzen und endlich wohl gar an seiner Seelen Seligkeit Schaden leiden müsse«. Das Protokoll unterschrieb er noch immer also: Heinrich der Ältere Burkgraf zu Meißen, Graf zum Hartenstein, und Herr zu Plauen.

Man hatte sich entschlossen, ihn nicht zu Agstein, sondern zu Wien zu verwahren. Es ward deshalb in einem Hause am Neuen Markt, im zweiten Stock, eine Stube mit starken Brettern, Hölzern und Blechen unterschlagen. Im innern Verschlage sollte der Gefangene ein Bett, Stuhl, Tisch, und eine »Heimlichkeit zur Reinigung seines Leibes« haben. Der andere Teil der Stube aber, außer dem Verschlag, nebst der Kammer daran und einer Küche, sollte für den Aufseher des Gefangenen und dessen Hausstand eingerichtet werden. Das nötige Tischzeug war für den Gefangenen anzuschaffen. Die Oberaufsicht über ihn sollte der königliche Hofmarschall und in dessen Abwesenheit die niederöstreichische Regierung führen. Die Unterhaltskosten hatte der Burggraf zu tragen und an den Unterburggrafen der königlichen Burg zu zahlen. Zum Unteraufseher und Wärter des Gefangenen wurde ein ehemaliger Hartschierer, Melchior Melwitz, bestellt und erhielt eine vom König Ferdinand eigenhändig korrigierte und unterschriebene Instruktion, vom 13. Oktober 1548. Nach derselben sollte 1) ohne Vorwissen der Aufsichtsbehörde nichts mit dem Gefangenen vorgenommen werden. 2) Der Melchior, samt seinem Weibe, einer Magd und einem zuverlässigen Manne, sollte bei Tag und Nacht den Gefangenen in genaue Obacht nehmen, damit derselbe nicht entkomme noch sich an seinem Leibe etwas zufüge. 3) Alle Schreibrequisiten, Messer und andere zum Schreiben und Ausbrechen dienliche Werkzeuge sollten ihm gänzlich untersagt bleiben. 4) Melchior hatte den Schlüssel zum Behältnis beständig bei sich zu tragen und niemand zu dem Gefangenen einzulassen. 5) Wenn der Gefangene krank und schwach würde, oder, einige Male im Jahre, den Priester,[19] oder Aderlassens, Schröpfens, Badens oder Kopfreinigens halber, Arzt oder Barbier bedürfte, so sollte solches angemeldet werden. 6) Des Gefangenen Bett sollte täglich durch des Melchiors Weib, in dessen Beisein, gemacht und die Heimlichkeit gesäubert, alle acht Tage

---

[19] Es versteht sich, daß dabei ein katholischer Priester vorausgesetzt ist.

aber die Bettlaken und Hemden neugewaschen, auch die übrige Kleidung beständig reingehalten werden. 7) Dem Gefangenen sollten täglich zweimal, mit Berücksichtigung der Fleisch- und Fischtage, zu jeder Mahlzeit vier bis fünf Gerichte, von des Melchiors Weib sauber und rein gekocht, gereicht werden. An Fasttagen sei ihm, außer wenn die Ärzte es verordneten, kein Fleisch zu geben. 8) Zum Getränk sollte man ihm ziemlich guten Wein »und, so er es begehrte und es zu bekommen,« Bier nach Notdurft verabreichen. 9) Das Tischlein sollte allezeit mit saubern Tischtüchern belegt sein, und solange der Gefangene speiste, einer bei verschlossenen Thüren dabei bleiben. 10) Zum Zeitvertreib sollte der Gefangene Bücher und zwar geistliche, » *doch nicht lutherische* und andere, dem wahren heilwürdigen und christlichen Glauben entgegenhandelnde, und weltliche, alte römische und dergleichen Historien bekommen,« ihm auch gestattet werden, »zuzeiten mit dem Melchior und seinem Weib um geringes Geld mit den Karten zu kurzweilen.« 11) Alle Kosten, die in Krankheitsfällen oder für Kleider entstünden, sowie der Hauszins, sollten durch den Burggrafen in der königlichen Burg berichtigt werden. 12) Melchior sollte für Unterhalt und Wartung des Gefangenen, auch Haltung des Gesindes, wöchentlich 5 Thlr., und zwar jederzeit auf eine Woche im voraus, wie auch für seine Mühe vierteljährlich 10 Fl. erhalten. Als das Gefängnis eingerichtet war, forderten der Rat Zoppel und der Sekretär Dietz dem Gefangenen den Ring mit dem plauenschen Wappen ab. Er gab ihn sehr ungern her und behauptete, denselben der Frau des Profoßen geschenkt zu haben. Der Ring wurde dem Burggrafen zugeschickt, welcher dem Weib und Gesinde des Profoßen dafür 10 Thlr. zustellen ließ. Geld hatte der Gefangene nicht bei sich, und seine im Reiche noch außenstehenden Forderungen wollte er, »weil man also mit ihm umginge,« nicht offenbaren. Am 15. Oktober 1548 wurde er in sein Behältnis gebracht, und wir haben über sein weiteres Leben und die Zeit seines Todes keine Nachricht auffinden können.

Der Burggraf erhielt noch am 5. Oktober 1548 abermals eine Urkunde, worin er wegen der seinem für unecht erklärten Bruder ehedem beigelegten Titel nochmals gegen allen Nachteil sichergestellt wurde. Und doch war all dieses Mühen und Sorgen eitel, indem sein Stamm zwar nicht durch einen Prätendenten seiner Rechte und Güter beraubt werden, wohl aber gar bald in sich selbst erlöschen sollte. Heinrich V. starb am 19. Mai 1554 im Feldlager vor Plassenburg. Er hinterließ zwei Söhne. Der älteste, Heinrich VI., starb am 24. Dezember 1568, der jüngere, Heinrich VII., am 22. Januar 1572; beide erblos. Mit ihnen erlosch die burggräfliche Linie der alten Reuße von Plauen. Heinrich VII. hatte schon 1569 seine voigtländischen Besitzungen, namentlich die Ämter Plauen, Voigtsberg und Pausa, definitiv an August von Sachsen überlassen, welcher schon seit einem Jahrzehnt Pfandinhaber derselben war. An die Reuße, mit denen die Burggrafen in Zwist gelebt und sich über dieselben zu bereichern gesucht hatten, kamen von dem Erbe der letztern nur Schleiz, Lobenstein, Saalburg und Burg. Die Burggrafschaft war schon längst[20] in den Händen der Wettiner. Am 26. Februar 1579 verlieh Kurfürst August dem böhmischen Edeln Wilhelm von Rosenberg und dessen Erben den burggräflichen Titel gegen einen Revers, sich deshalb nichts zum Nachteile des Hauses Sachsen anmaßen zu wollen, dem es auch unbenommen blieb, ebenfalls das burggräfliche Wappen zu führen. Auch diese Titularburggrafen erloschen vor Ablauf eines Jahrhunderts. Den Reußen gelang es nicht, ihre auf falsche und erschlichene Dokumente gestützten Prätensionen durchzuführen. Aber auch das Haus Sachsen konnte, weil bald äußere Verhältnisse, bald die unselige Uneinigkeit der Ernestiner und Albertiner hinderlich waren, erst 1803 die Stimme des Burggrafentums auf dem bald erlöschenden Reichstage erlangen.

Die in obigem dargestellte, gewiß ebenso merkwürdige als rätselhafte Begebenheit scheint zur Bewährung des Ausspruchs zu dienen, welchen Märcker, der vortreffliche Geschichtschreiber des Burggrafentums Meißen[21] thut: daß ein atridischer Fluch auf diesem Zweig des plauenschen Geschlechts gelastet habe. Heinrich II. hatte für seinen Sohn Heinrich III., unter Eingehung schwerer Bürgschaften, eine Ehe mit der Tochter eines von Rosenberg bedungen; der Sohn aber vermählte sich mit »eines frommen Ritters Tochter,« und »wiewol sie von einem trefflichen geschlechte gewest ist,« so hätten »dennoch die Mannen, mitsamt dem alden von plauwen

---

[20] Vgl. S. 5, Anm.
[21] Märcker, a. a. O. S. 362.

seinem Vater, gerne gesehen, das er sich nicht genydet[22] hette, unnd sinen vater umb ein groß gut und habe gen dem von Rosenberg brachte, seine treuwe unnde Ere wider zu kauffen; also nam der alde von plauwen nicht unbillich gen seinem sone einen zorne für und entsatzte yn von allen seinen Slossen und Stetten, die er hatte, die denn eines teiles in fremde hennde quwamen; und kurtz darnach da ward dem alden von plauwen vergeben, das er starb, und öffentlich dem Jungen von plauwen warlich schuld gegeben, daz er yn vergeben hett.« Gewiß ist jedenfalls, daß Heinrich II. noch am 7. Mai 1446 sich dem Herzog Friedrich zu Sachsen auf drei Jahre zum Dienst verschrieb, und am 7. Juni desselben Jahres urkundlich als verstorben erwähnt wird, folglich jedenfalls sein Ende ein plötzliches und unerwartetes gewesen ist, sei es nun, daß Zorn und Streit, oder daß eine in jeder Beziehung unnatürliche Übelthat ihn dahingerafft hat. Von Heinrich III. wird aber auch gesagt, daß, wie sein Vater dem seinigen »mit ungebührlichen Worten nachgesprochen,« er es ebenso schlimm gemacht.[23] Heinrich III. ward auch namentlich durch seine Gemahlin, die es den Vasallen nicht vergeben konnte, daß sie gegen ihre Heirat gewesen, zu manchen Grausamkeiten gegen seine Unterthanen verleitet, welche ihm endlich die Acht vom König Georg Podiebrad von Böhmen und deren Vollstreckung durch die sächsischen Fürsten zuzogen. Die letztern erwarben bei dieser Gelegenheit Plauen. Später, als ihn ein sächsischer Vasall, Hans Weighart, auf einem Streifzuge Heinrichs, gefangen genommen und auf den Schellenberg gesetzt hatte, wollten die sächsischen Fürsten dies zwar nur als eine Privatsache zwischen Weighart und dem Burggrafen betrachtet wissen, nahmen den letztern aber doch in ihren eigenen Gewahrsam und gaben ihn nur unter der Bedingung frei, daß er, unter vielfachen Konzessionen, Verzichtleistungen und Abtretungen zu Gunsten Sachsens, seinen einzigen Sohn enterben und dafür obendrein den wie es scheint falschen Grund anführen solle, daß er ihn im Unglück verlassen. Die dem Gefangenen abgedrungenen Versprechungen wurden

---

[22] Geniedert. Sie hätten gewünscht, daß er keine Frau niederen Standes gewählt hätte als der seine war. (Diese hier angeführte Stelle wird von Märcker a. a. O. S. 361 aus Akten citiert, die sich im Königlich sächsischen Hauptstaatsarchiv in Dresden befinden. G.)

[23] Märcker, a. a. O., S. 360.

natürlich, wie gewöhnlich in solchen Fällen, von dem Freigelassenen nicht gehalten. Heinrich V. stellte, durch wichtige Leistungen als Staats- und Kriegsmann im Dienste Karls V. und Ferdinands I., den Territorialbesitz der burggräflichen Linie des Hauses Plauen in einer Weise wieder her, wie er in diesem Hause kaum zu Ende des 12. Jahrhunderts, unter Heinrich dem Reichen,[24] vereinigt gewesen war. Aber wie die längste Zeit seines Glückes der berichtete Streit mit seinem Bruder getrübt hatte, so erhielten auch seine Söhne die erwartete und versprochene Entschädigung für die Opfer, die ihr Vater dem kaiserlichen Dienste gebracht hatte, nicht, traten in verschuldete Güter, mußten sich weiterer Einmischung in die Staatshändel enthalten, und statt dem zerrütteten Haushalt durch jene weise Wirtschaft aufzuhelfen, von der ihnen Kurfürst August ein so lehrreiches Beispiel gab, überließen sie sich vielmehr einem solchen Aufwande, daß ein Stück nach dem andern in fremde Hände kam und Heinrich VI. vor seinem Tode bei seinem Schwager, dem Markgrafen Georg Friedrich von Brandenburg-Ansbach, ein Unterkommen suchen mußte, nachdem seine ärgerlichen, nur durch ihn verschuldeten Streitigkeiten mit seiner Gemahlin bis vor Kaiser und Reich gekommen waren. Heinrich VII. litt nicht durch eigene Schuld, sondern durch die Fehler des Vaters und Bruders, die er nicht gutzumachen imstande war. Er starb aus Kummer über die Zersplitterung seiner Besitzungen, im kaum angetretenen sechsunddreißigsten Lebensjahre, ohne aus zweimaliger Ehe Kinder zu hinterlassen.

Die Angelegenheit des Prätendenten giebt unstreitig zu vielfachen Zweifeln Anlaß, zumal die genealogischen Verhältnisse des ausgestorbenen Hauses so manche Dunkelheiten lassen. Das Prager Urteil hat jedenfalls das wider sich, daß es, von einem für Gunst und Abgunst nicht unempfänglichen Gerichte, zu Gunsten eines bei dem König und den böhmischen Großen sehr einflußreichen Mannes und gegen einen heimatlosen Abenteurer gesprochen worden ist, dessen Thun und Treiben auch billige Richter wider ihn einnehmen konnte. Die eingestandene Fälschung einer königlichen

---

[24] Heinrich der Reiche, geb. um 1130, gest. um 1200, der Ahnherr der Fürsten von Reuß, erbte von seinem Vater die Vogteien Weida, Gera und Greiz, wurde später auch mit der Vogtei von Plauen belehnt, und erwarb dazu noch von Graf Hermann I. von Orlamünde die Vogtei im Regnitzland mit der Stadt Hof. G.

Urkunde mußte ihm besonders nachteilig sein, und die Entschuldigung: »wie er freilich getrachtet, daß er bei Ehren bleiben und durch dergleichen Urkunde vielleicht seine eheliche Geburt erzeigen und beweisen möchte,« war natürlich nicht durchschlagend, wenngleich gar nicht zu behaupten ist, daß nicht auch ein von seinem Rechte aufrichtig Überzeugter zu solchen Mitteln zu greifen verführt werden kann, wenn erbitterte Gegner ihm den Beweis seines Rechts so schwierig machen. Auch haben sich offenbar üble Ratgeber an den Unglücklichen geheftet. Die deutschen Juristen scheinen einmütig dafür gehalten zu haben, daß seine nicheheliche Geburt juristisch nicht zu erweisen sei. In der That, wollen wir annehmen, daß er, wie doch seine Gegner behaupteten, vor der Verheiratung Heinrichs IV. mit der Burggräfin Barbara geboren worden, so wird es außerordentlich unwahrscheinlich, wie der Burggraf und die Burggräfin auf den Gedanken hätten kommen können, ihn für einen Sohn der letztern auszugeben. Den entfernten Verwandten und Lehensherren gegenüber ließ sich in dieser Beziehung wohl allenfalls eine Täuschung wagen; aber wie hätte man ein solches Trugspiel dem Gesinde und all den nächsten Umgebungen gegenüber durchführen wollen! Die Schwierigkeit wäre geringer, wenn er neben der Ehe erzeugt ward; aber das ist nirgends behauptet worden, stimmt auch mit seinem Alter nicht wohl, wie es nach seinen angeführten Äußerungen im Jahre 1548 erscheint. Wollte man annehmen, er sei ein Kind der ersten, in ihren nähern Umständen nicht einmal nachgewiesenen Ehe des Burggrafen gewesen und vielleicht durch die Ränke einer Stiefmutter vertrieben worden, wofür seine frühe Entfernung aus dem Hause einigermaßen sprechen könnte, so würde es doppelt unwahrscheinlich, daß sie ihn als ihren Sohn bezeichnet, so würde die Schwierigkeit der Täuschung nicht verringert, und so erwüchse die Frage, warum die Familie seiner Mutter sich seiner nicht angenommen. Die Annahme dagegen, daß er wirklich ein echter Sohn des Burggrafen und der Burggräfin gewesen, von seinen unnatürlichen Eltern aber später verleugnet worden sei, hat zwar nur wenig äußere, allerdings aber die innern Wahrscheinlichkeitsgründe gegen sich: daß man keinen Grund zu solcher Sinnesänderung weiß, daß namentlich von seiten der Mutter die Verleugnung im höchsten Grade unnatürlich wäre, und daß jedenfalls seine frühe Entfernung vom Hause, während die jüngern Kinder alle daheim erzogen wurden, darauf hindeutet, daß es mit ihm eine besondere Bewandtnis gehabt habe. Wollte man annehmen, daß er durch irgend eine anstößige Richtung oder That so bittern Groll seiner Eltern auf sich gezogen, so widerspricht dem eben die frühe Jugend, in der er vom Hause entfernt worden, die Gunst, die ihm seine Erzieher und die Freunde und Verwandten des Hauses schenkten, selbst der Eifer, mit welchem seine vermeinten Eltern sichtbar auch nach der Verstoßung für ihn zu sorgen beflissen waren. Denn überhaupt erst nach dem Tode des Vaters, und wie er es bloß mit dem Bruder zu thun hat, wird das Verhältnis gegenseitig tief verbittert und lieblos, und erst dann sinkt auch er selbst immer tiefer. In betreff der Zeugnisse der Margareta Pigkler, die dem Jüngling auf einmal als Mutter vorgestellt wird, und die, wenigstens nach seiner Behauptung, geneigt gewesen sein soll, ihre Aussage wieder zurückzunehmen, sowie des Priesters, der das Kind als ein uneheliches getauft haben will, ist bei dem Mangel an gründlicher und unparteiischer Untersuchung wenigstens der Verdacht nicht ganz abzuwehren, daß ihre Äußerungen erkauft oder erpreßt waren. Und auch wenn die Pigkler dem Burggrafen ein uneheliches Kind geboren, und auch wenn der Priester ein solches getauft hätte, war das derselbe Heinrich, den der Burggraf und die Burggräfin so lange als ihren ehelichen Sohn erzogen hatten? Konnte namentlich der Priester dies mit irgend einiger Sicherheit verbürgen? Da müßte er ja selbst in den Betrug eingeweiht gewesen sein! Daß der Prätendent von seiner Schwester, von den Verwandten, Freunden und Vasallen des Hauses anerkannt und zum Teil auch nach seiner Verleugnung noch unterstützt worden, daß die sächsischen Herzoge Heinrich und Moritz ihn mit Schonung behandelt wissen wollten, daß so viele sich für ihn interessierten, kann in dem frühern Betruge der Eltern, in natürlichem Mitleid mit dem Jüngling, mit dem ein so grausames Spiel getrieben worden, selbst in dem Wunsche, dem burggräflichen Hause Verlegenheiten zu bereiten, überhaupt im Parteiwesen der Zeit, kann aber auch in einer Überzeugung von der Gerechtigkeit seiner Sache seinen Grund gehabt haben. Bemerkenswert ist es auch, daß man es in Annaberg zu keinem Strafurteil gegen ihn bringen konnte, der Burggraf sogar in Kosten und Sachsenbuße verurteilt wurde, und nicht einmal von einer Bestrafung des Knechtes, der seinen Anteil an der Ermordung Hirnhofers gestanden haben soll, berichtet wird. Alle diese Rätsel und Dunkelheiten, bei deren Häufung übrigens auch der Gebrauch des Hauses, nur den einen Namen Heinrich zu führen, seine Rolle gespielt hat, werden hienieden schwerlich gelöst und gelichtet werden; aber wohl dürfen wir annehmen, daß der Unglückliche selbst von seinem Rechte tief überzeugt war, und mögen die Verwilderung, in die er geriet, und die ihm sein letztes herbes Geschick bereitete, durch das verworrene und verwirrende Verhältnis, in das er versetzt worden, wohl erklärt finden.[25]

---

[25] Wir folgten bei obiger Darstellung, die eine Revision und Ergänzung eines in den Neuen Jahrbüchern der Geschichte und Politik (Jahrg. 1849, Bd. I, S. 289 fg.) enthaltenen Aufsatzes ist, im wesentlichen einer ziemlich seltenen Schrift, welche unter dem Titel »Beitrag zur Geschichte der vormaligen Burkgrafen zu Meißen aus dem Geschlecht der Herren von Plauen, oder sichere Nachricht von dem Rechtsstreit weiland Herrn Heinrich's des V., Burkgrafen zu Meißen Herrn von Plauen, Königl. Böhmischen Oberst-Canzlers mit einem gewissen Heinrich, der sich für einen älteren leiblichen Bruder desselben ausgegeben, und des Letztern sonderbaren Begebenheiten aus Archival-Urkunden gezogen,« 1770 zu Schleiz bei Johann Gottlieb Mauken erschienen und von dem Hofrat Bretschneider daselbst verfaßt ist.

Ein Prätendent aus dem 19. Jahrhundert. (Naundorff.)

Es giebt zwei Klassen von Prätendenten. Bei den einen ist über die Persönlichkeit kein Streit oder Zweifel. Sie sind die Menschen, für die sie sich ausgeben. Aber ihr Recht ist streitig, oder wenn es auch an sich nicht streitig ist, so sind sie doch aus dem Besitz gesetzt, der im öffentlichen Recht noch viel wichtiger ist als im Privatrecht. An solchen Prätendenten, ja an Souveränen *de jure*, die es nicht auch *de facto* waren, hat es in unserm Jahrhundert nur zu wenig gemangelt. Dagegen sind die andern Fälle, wo jemand sich für eine für tot gehaltene oder sonst auf eine mit manchem Rätselhaften umringte Weise verschwundene Person ausgiebt, unter dem Einfluß unserer Öffentlichkeit und unserer Rechtsformen, aus naheliegenden Gründen, in den gebildeten Staaten äußerst selten geworden. Dennoch hat es sich noch in unserer Zeit zugetragen, daß eine Reihe von Menschen aus dunkeln Verhältnissen hervortraten und sich für den für tot gehaltenen Thronerben eines der größten und berühmtesten europäischen Reiche ausgaben. Und auch das ist ein bezeichnender Zug, daß, während es keinem von diesen gelungen ist, auf seinen Anspruch wenigstens einen zeitweisen Besitz zu gründen, wie der Rätselhafteste von allen, der Pseudo-Waldemar, oder wie der Pseudo-Demetrius, so doch auch gegen keinen so ernst und hart verfahren, gegen keinen solche äußerste Mittel für nötig gehalten worden sind, wie sie vor Zeiten z. B. gegen die Pseudo-Sebastiane, die Pseudo-Warwicks, die Pseudo-Peters in Anwendung gebracht worden. Man hat sie teilweise fast unangefochten gelassen, teilweise im zuchtpolizeilichen Verfahren abgethan, und sichtbar danach gestrebt, in einer möglichst geringschätzigen und herabsetzenden Behandlung das beste Schutzmittel gegen ihre Ansprüche zu finden; was denn auch ganz klug gewesen sein mag.

Das überhaupt die Erscheinung noch in unserer Zeit und in solchem Falle möglich war, wird allerdings durch den Ausnahmecharakter der Zeit und der Umstände erklärt, in welche der Tod der Person, um die es sich handelt, versetzt ward. Nur im Laufe der furchtbarsten Revolution und unter den besondern Wendungen und Richtungen, welche die erste französische Revolution annahm, konnte ein Zweifel darüber erhoben werden, ob der einzige Sohn eines Königs von Frankreich, mitten in Paris, der Hauptstadt des Reichs seiner Väter, zu einer bestimmten Zeit gestorben sei oder nicht. Und auch so sind die meisten, und darunter die achtungswertesten Geschichtschreiber, geneigt, diesen Zweifel von Haus aus für völlig lächerlich und allen und jeden Anhalts ermangelnd zu halten. Das ist er denn doch nicht so ganz. Obwohl wir keineswegs geneigt sind, diesen Zweifel selbst mit Bestimmtheit zu hegen, so müssen wir doch gestehen, daß uns die Unmöglichkeit, an dem Tode *Ludwigs XVII.*,[26] und daß derselbe am 8. Juni 1795 im Tempel zu Paris erfolgt sei, zu zweifeln, nicht ganz sicher bewiesen scheint.

Bekanntlich war dieser Prinz, oder wie wir sagen möchten, dieser König, namentlich seit dem 3. Juli des Jahres 1793, wo er auch von seiner Mutter getrennt wurde, gänzlicher Vernachlässigung preisgegeben. Niemand kümmerte sich um ihn, außer die um ihn bekümmerten Freunde, denen der Zugang zu ihm verwehrt war. Niemand hatte Zutritt zu ihm, außer Personen der rohesten, unwissendsten Klasse, die ihn plagten und mißhandelten. So stand es jahrelang, mag nun die Ursache der Vernachlässigung in Sorglosigkeit und darin gelegen haben, daß man über den Stürmen der Revolution den Knaben vergaß, oder mag eine republikanische Ostenta-

---

[26] Ludwig Karl (oder Karl Ludwig?) wurde dem König Ludwig XVI. von Frankreich von dessen Gemahlin, Marie Antoinette von Östreich, am 27. März 1785 zu Versailles geboren und führte anfangs den Titel eines Herzogs von der Normandie. Da sein älterer Bruder am 4. Juni 1789 starb, so wurde er Dauphin. Er wird als ein Knabe von blühender Gesundheit und munterm, lebhaftem Wesen geschildert, welcher schöne Hoffnungen geweckt, auch während seiner Gefangenschaft, solange er nicht von seiner Familie getrennt wurde, durch die Umstände gereifte Urteilskraft und Selbstbeherrschung bewährt habe. Er folgte seiner Familie in die Tuilerien, nach Varennes und in den Tempel. 3. Juli 1793 wurde er von seiner Mutter getrennt und den rohen Händen des jakobinischen Schusters Simon übergeben. Von dessen Mißhandlungen wurde er zwar Jan. 1794 durch seine Enthebung von dem Amt eines Kerkermeisters befreit, aber es war, nach der gewöhnlichen Annahme, zu spät, und er starb, physisch und geistig verkümmert, am 8. Juni 1795. Sein Leichnam soll auf dem Margaretenkirchhofe in die gemeinschaftliche Grube gelegt und mit Kalk bedeckt worden sein. Jedenfalls hat man seine Reste 1815 nicht wieder auffinden können. Vgl. Eckard, Mémoires historiques sur Louis XVII (Paris 1817. 3. Aufl. 1818); Cléry, Journal de ce qui s'est passé à la tour da Temple pendant la captivité de Louis XVI. (London 1798 und öfter.)

tion etwas darin gesucht haben, den jüngsten Sprossen einer Dynastie, die ein Jahrtausend alt war, und deren Namen und Banner das edelste französische Blut begeistert hatten, wie einen Waisenknaben aus der Hefe des Volks zu behandeln, oder mag man endlich denen beistimmen müssen, die den herrschenden Jakobinern, oder auch verborgenen Anstiftern, denen diese für ganz andere Zwecke zu unbewußten Werkzeugen dienten, den teuflischen Plan zur Last legen, den Prinzen, den man direkt zu ermorden sich schämte, physisch und geistig zu Grunde zu richten. Seit dem Sturze der Schreckensherrschaft wurde er nicht mehr gemißhandelt, vielmehr nach einem Besuche von seiten einiger Mitglieder des Konvents, worunter Barras,[27] einiges in seiner Lage gebessert. Täglich kam ein Civilkommissar in den Tempel, was aber unter 248 Personen abwechselte. Einsam, ohne Mittel der Unterhaltung oder Belehrung gelassen, fast mit keinem menschlichen Wesen in Verkehr tretend, so gut wie aller Pflege beraubt, soll der Prinz nun hier in gänzliche körperliche und geistige Verkümmerung verfallen sein. Seine Schwäche habe schon den höchsten Grad erreicht gehabt, als man im Februar 1795 den Pariser Gemeinderat von der Krankheit des Prinzen in Kenntnis setzte. Dieser habe den berühmten Arzt Desault zu ihm geschickt,[28] der letztere aber erklärt, daß jede Hilfe zu spät komme.

Hier tritt nun aber gleich ein Umstand ein, der von denjenigen, welche an der Krankheit und dem Tode des Prinzen zweifelten, ausgebeutet worden ist. Desault starb am 1. (nach andern am 2.,

---

[27] Graf Paul von Barras, geb. 1755, stimmte als Mitglied des Konvents für den Tod des Königs, spielte dann bei dem Sturz Robespierres am 9. Thermidor (27. Juli 1794) eine Hauptrolle und wurde bald eine der einflußreichsten Persönlichkeiten, namentlich seitdem er am 28. Okt. 1795 zu einem der 5 Direktoren gewählt war, die seitdem die Regierung Frankreichs leiteten. Seine Memoiren, die vielleicht einiges Licht verbreiten könnten, harren noch der Veröffentlichung, doch hat Chantelauze sie bereits in seinem in dem Vorwort citierten Werk benutzt. G.

[28] Dies ist aber, nach dem am 9. Juni von Sévestre im Namen des Sicherheitsausschusses dem Konvent erstatteten Bericht, erst nach dem 20. April geschehen. Es heißt in diesem Bericht: »Depuis quelque temps le fils de Capet était devenu incommodé par une enflure au genou droit et au poignet gauche; le 15 Floréal (20 Avril) les douleurs augmentèrent, le malade perdit l'appétit et le fièvre survint. Le fameux Desault, officier de santé, fut envoyé pour le voir et pour le traiter etc.«

nach noch andern am 4.) Juni desselben Jahres, vor dem angeblichen Todestage des Prinzen, und am 9. Juni folgte ihm sein vertrauter Freund, der Apotheker Choppard. Beide starben plötzlich und unter Umständen, die den Verdacht der Vergiftung erweckten. Daß dieser Verdacht bestanden, wird von vielen Schriftstellern, ohne allen Zusammenhang mit der Prätendentenfrage behauptet. Es soll auch eine Exploration der Leichen stattgefunden haben, die ihn nicht bestätigt habe. Dies würde, sobald man annimmt, daß die Vergiftung auf Anordnung der Machthaber verfügt wurde, wenig beweisen; wohl aber bewiese es das Verdachterregende jener Todesfälle. Viele legitimistische Schriftsteller haben den Verdacht in dem Sinne ausgebeutet, daß sie behaupteten: Desault sei vergiftet worden, weil er sich geweigert, den Prinzen zu vergiften, oder umgekehrt, man habe ihn beseitigt, nachdem er den Prinzen vergiftet habe, oder wieder, er habe seinen Unwillen über die schlechte Behandlung des Prinzen zu laut ausgesprochen. Eine ganz andere Version aber läßt ihn gegen seinen Freund Choppard die Äußerung gethan haben: das Kind, das ihm als der Dauphin gezeigt worden, sei dieser nicht, sei ein untergeschobenes. Deshalb hätten beide sterben müssen. Ein Herr Estier, welcher früher in New York gelebt, soll am 22. Mai 1843[29] in London eine Erklärung ausgestellt haben, wonach ihm ein dortiger Dr. Abeillé erzählt habe: er sei Eleve des Dr. Desault gewesen und wisse, daß derselbe in dem ihm im Tempel vorgezeigten Kinde den Dauphin[30] nicht erkannt, seinen desfallsigen Verdacht einem Freund mitgeteilt habe, und tags darauf vergiftet worden sei. Er, Abeillé, habe es infolge davon für geraten gefunden, nach Amerika überzusiedeln.

Es wurden nun die Herren Pelletan und Dumangin zu Ärzten des Gefangenen ernannt (5. Juni); aber am 8. starb er. Diese beiden Herren hatten den Dauphin niemals vorher gesehen. Am 9. Juni berich-

---

[29] Gruau de la Barre, Intrigues dévoilées, ou Louis XVII. dernier roi légitime de France (Rotterdam 1846–48, 4 Vol.), I, 527–528.

[30] In der Erklärung wird er als Herzog von der Normandie bezeichnet, wie er genannt wurde, bevor er durch den Tod seines Bruders Dauphin ward. Es liegt etwas in diesem kleinen Umstande, was uns die Echtheit der Erklärung glaubhafter macht. Wäre sie eine rein erdichtete, so würde der Fehler vermieden worden sein.

tete Sévestre, im Namen des Sicherheitsausschusses,[31] dem Konvent über die Krankheit und den Tod des »Sohnes des Capet«. Außer dem schon oben in einer Anmerkung Beigebrachten spricht er noch von der Ernennung der beiden genannten Ärzte und fügt dann hinzu: »Ihre gestrigen Bulletins, von 11 Uhr des Morgens, kündigten Symptome an, die für das Leben des Kranken besorgt machten, und um ein Viertel auf 3 Uhr nach Mittag erhielten wir die Nachricht von dem Tode des Sohnes des Capet. Der Sicherheitsausschuß hat uns beauftragt, Sie davon zu benachrichtigen. Alles ist konstatiert. Die Protokolle werden im Archiv niedergelegt werden.« Ein kleiner Widerspruch zeigt sich hier, indem nach dem Protokoll der Leichenschau der Tod gegen 3 Uhr des Nachmittags erfolgt sein soll, während der Sicherheitsausschuß die Nachricht davon schon ein Viertel auf 3 Uhr in seinem vom Tempel ziemlich entfernten Lokal in den Tuilerien empfangen haben will.

Die Besichtigung der Leiche wurde von den Herren Dumangin, Pelletan, Jeanroy und Lassus vorgenommen, vier angesehenen Ärzten und resp. Chirurgen, an Hospitälern oder als Professoren wirkend, aber sämtlich mit der Person des Prinzen unbekannt. Sie sagen in ihrem Protokoll ausdrücklich und in allerdings auffälliger Weise: »sie hätten auf einem Bett die Leiche eines Kindes gefunden, *was ihnen als ungefähr zehnjährig erschienen wäre, von welcher Leiche ihnen die Kommissare gesagt hätten, daß sie die des Sohnes des verstorbenen Ludwig Capet gewesen sei, und worin zwei von ihnen das Kind erkannt hätten, was sie seit einigen Tagen behandelt«.* Das wäre denn so gut wie gar kein Beweis, daß die Leiche wirklich die Ludwigs XVII. gewesen. Im übrigen verbreitet sich das Aktenstück über den Befund der Leiche, wobei wir hervorheben, daß sie das Gehirn und dessen Zubehör in vollständiger Gesundheit fanden,[32] und sagt am

---

31 Von den zahlreichen Ausschüssen, die durch Konventsbeschluß vom 2. Okt. 1792 eingesetzt wurden, waren die wichtigsten der sog. Wohlfahrtsausschuß (comité de salut public), und der Sicherheitsausschuß (comité de sûreté générale), die allmählich die ganze Regierungsgewalt an sich rissen und oft gemeinsame Sitzungen abhielten. G.

32 Es würde das einigermaßen gegen die gewöhnliche Behauptung sprechen, daß der Prinz durch Simons Mißhandlungen und durch die Ausschweifungen, zu denen Simon und dessen Frau das unreife Kind verführt hätten, in solche Schwäche versunken sei, daß er Geisteskraft und Sprache verloren habe.

Schlusse, die im einzelnen angeführten Gebrechen seien offenbar die Wirkung eines seit langer Zeit bestehenden skrophulösen Übels, dem man den Tod des Kindes zuschreiben müsse. Das letztere erscheint auch etwas befremdend, indem teils die Berichte über die frühern glücklichen Jahre des Prinzen ihn als ein vollkommen gesundes, rüstiges, blühendes Kind schildern, er sich auch völlig wohl befand, solange er bei seinen Eltern war, und auch Berichte aus spätern Zeiten noch nichts von dem Übel erwähnen, welches hiernach schon lange bestanden haben müßte. Nach dem Tode Robespierres (28. Juli 1794) besuchten Mitglieder der Nationalversammlung den Tempel, wobei zwar erwähnt wird, daß sie mit der Verwahrlosung des Dauphins Mitleid hatten und eine bessere Behandlung empfahlen, eines krankhaften Zustandes desselben aber mit keinem Worte gedacht wird.[33] Am 19. Dezember 1794 besuchten die Mitglieder des Sicherheitsausschusses, sowie die Deputierten Harmand de la Meuse, Mathieu und Reverchon den Tempel, in der speciellen Absicht, die Lage des Prinzen zu erkunden. Die Veranlassung dazu sollte, wie sie ihm selbst sagten, der Umstand gegeben haben, daß die Regierung »zu spät« von dem übeln Zustande seiner Gesundheit sowie davon unterrichtet worden sei, daß er sich weigere, sich Bewegung zu machen und auf die an ihn gerichteten Fragen zu antworten. Sie fanden ihn (oder das Kind, was ihnen als der Dauphin vorgestellt wurde) gut gekleidet und in einem hellen und reinlichen Zimmer, mit Karten spielend. Ihr Eintreten machte nicht den mindesten Eindruck auf ihn. Auf die freundlichsten Fragen, die an ihn gerichtet wurden, auf das Aufzählen aller für ein Kind ansprechenden Gegenstände, gab er mit keinem Worte oder Zeichen die mindeste Antwort, während er die Redenden mit dem gespanntesten Blick der Aufmerksamkeit ansah. Erst als man dicht an ihn herantrat und in stärkerm, mehr befehlendem Tone das Vorzeigen der Hände und Füße und das Gehen verlangte, gehorchte er. Man fand an den Ellbogen, Handgelenken und Knieen Anschwellungen,

---

[33] Gruau de la Barre, a. a. O., S. 521–24. (Dieser Besuch fand 31. Juli 1794 statt. Nach A. de Beauchesne: Louis XVII. Bd. 2, S. 207 (Paris 1852) fanden die Deputierten das Kind allerdings schon in einem bejammernswerten Zustande: »Ses lèvres décolorées et ses jones creuses avaient dans leur pâleur quelque chose de blafard. Sa tête et son cou étaient rongés par des plaies purulentes.« Auf ihre Veranlassung wurde von da an dem Dauphin eine etwas menschlichere Behandlung zu teil. G.

die jedoch nicht schmerzhaft schienen. Sein ganzes Aussehen sei rhachitisch gewesen; Schenkel und Beine lang und dünn, Arme ebenso, der Rumpf sehr kurz, die Brust erhaben, die Schultern dünn und zusammengezogen, der Kopf sehr schön, der Teint hell, aber farblos, die Haare lang und schön, wohlgehalten, hellkastanienbraun. Eine Antwort, auch nur ein Zeichen des Verstehens war weiterhin nicht von ihm zu erlangen. Man dachte aber damals nicht im mindesten daran, dieses Schweigen einer physischen oder geistigen Schwäche zur Last zu legen, es überhaupt für ein Unvermögen zu halten, sondern schrieb es einem entschiedenen Willen des Prinzen zu, den er von dem Augenblick an gefaßt habe, wo ihn Hébert und Simon gezwungen hätten, eine schimpfliche Aussage gegen die Königin zu unterzeichnen (5. Oktober 1793). Die oben gegebene Schilderung seines Äußern soll nicht im mindesten auf den Prinzen passen. Das leitende Mitglied jener Kommission, das sich sehr teilnehmend erwiesen, wurde wenige Tage nachher nach Brest geschickt, und kehrte erst nach dem Tode des Gefangenen zurück.[34] Weit vorgeschritten kann übrigens damals die Krankheit des Prinzen nicht gewesen sein, da man ihm erst vier Monate später einen Arzt schickte. Letzteres ist wohl infolge eines Besuchs geschehen, den ein Beamter am 16. März 1795 bei ihm machte. Hier zeigte er sich wieder anders, sah niemand an, starrte vor sich hin, antwortete aber wenigstens mit Ja. Er aß und trank mit Appetit, spielte mit einem kleinen Hunde des Besuchenden, hielt sich viel am Fenster auf, zeigte sich übrigens höchst phlegmatisch, niedergeschlagen und entmutigt.[35]

Der eigentliche Totenschein beweist gar nichts. Er beruht auf dem Zeugnisse des Tempelwächters Stephan Lasne,[36] der sich als »Nachbar«, und eines Employé Remi Bigot, der sich als »Freund« des Verstorbenen meldet. Die Akte ist vom 12. Juni, vier Tage nach dem angeblichen Tode des Prinzen, drei Tage nach der Sektion des Leichnams. Welche Bürgschaft giebt es, daß dieser Bigot, von dem

---

[34] Gruau de la Barre, a. a. O., S. 505-509.

[35] A. a. O., S. 501–502.

[36] Stephan Lasne, geb. 1757 in Dampierre-sur-Doubs, hatte lange in der französischen Garde gedient. Er wurde 1791 Hauptmann der Nationalgarde und trat 31. März 1795 als Gehilfe Gomins, der seit dem 8. November 1794 die Aufsicht über den Prinzen hatte, in den Temple ein. Er starb 1841 in Paris. G.

man gar nichts weiß, den Prinzen auch nur jemals gesehen? In betreff Lasnes aber, welcher 1834 noch lebte, gegen einen Prätendenten (Richemont) als Zeuge auftrat und bezeugte, daß der Prinz in seinen Armen gestorben sei, wird von der Gegenseite behauptet, er sei erst vierzig Tage vor dem Todesfall in den Tempel gekommen und habe den Prinzen vorher bloß einmal im Garten spielen sehen. Auch soll er behauptet haben, daß das Kind, wie er in den Tempel gekommen, sich ganz wohl befunden habe, während es notorisch seit Monaten völlig siechte und schon im April ein Arzt zu ihm gesendet wurde, die Krankheit aber seitdem sich immer verschlimmerte. So mangelhaft steht es mit den Zeugnissen über einen Todesfall, dessen Konstatierung schon wegen der schwebenden Unterhandlungen mit der Bendée und dem Auslande so wichtig war!

Es ist ferner gewiß, daß gleich bei dem (behaupteten) Tode des Prinzen Gerüchte verbreitet waren, er sei nicht gestorben, sondern entflohen, und wenn man auch annehmen mag, daß diese Gerüchte zunächst in dem Enthusiasmus ergebener Anhänger der Dynastie ihren Grund hatten, so scheinen sie doch durch einzelne Maßregeln der Regierung bestärkt worden zu sein. Ein Herr Morin de la Guérivière reiste, als er ungefähr zehn Jahre alt war, unter dem Schutze eines Herrn Jenais-Ojardias. In Thiers vertraute Ojardias, weil er noch eine Reise vorhatte, auf die er den Knaben nicht mitnehmen wollte, diesen einem Freund, Namens Barge-Real, an. Die Gendarmen, die den Knaben vom Aussteigen aus dem Wagen an umgeben und bis an sein Quartier begleitet hatten, hörten Barge-Real sagen, er betrachte das Kind als ein *dépôt sacré*. Sogleich werden die Behörden unterrichtet, finden sich ein, nehmen ein Protokoll auf und machen Herrn Barge-Real für das Dableiben des Knaben verantwortlich. Sobald Ojardias zurückgekehrt ist und sich ausgewiesen hat, wird die Maßregel durch einen noch vorhandenen[37] vom 10. Juli 1795 datierten Befehl des Konventsdelegierten Chazal aufgehoben, und darin heißt es ausdrücklich: »*Je vous autorise à lever les ordres qui retenaient l'enfant dans la maison de Barge-Real, ainsi que ceux qu'on aurait. pu douner contre la liberté d'Ojardias.*« Ein Beweis, daß die Maßregel hauptsächlich gegen den Knaben gerich-

---

[37] Gruau de la Barre, a. a. O., S. 533.

tet war.[38] Morin ist später ein feuriger Anhänger eines falschen Dauphins, des Richemont, geworden, und wahrscheinlich hat sein eigenes Erlebnis den Grund zu dieser seiner Richtung gelegt. Weiter soll noch im Jahre 1800 ein Knabe, den man für den Dauphin gehalten, in Chalons verhaftet und nach Vire gebracht worden sein.[39] Ein angebliches Signalement desselben, was vom 10. September 1800 datieren soll, bezeichnet ihn direkt als *Louis-Charles de France*, und versichert, er habe auf dem rechten Schenkel eine Art eingedrückten Wappens gehabt, worin drei Lilien gewesen wären, darüber die Königskrone und um dasselbe die Anfangsbuchstaben seiner Taufnamen, seines Vaters, seiner Mutter, seiner Tante Elisabeth. Ferner soll auch ein Herr Léon-Louis Maillard, der noch 1840 gelebt hat um die Zeit des angeblichen Todes des Prinzen, auf Befehl des Sicherheitsausschusses verhaftet worden sein, weil man ihn für den Dauphin gehalten. Auch soll sich in den Archiven des Gerichtshofes von Angoulême eine gerichtliche Entscheidung befunden haben, welche, lange nach dem 8. Juni 1795, die Freilassung eines verhafteten Kindes verfügt habe, weil erwiesen worden, daß es nicht der Dauphin sei.[40] Weniger Gewicht wollen wir darauf legen, daß die Proklamationen und sonstigen Manifestationen der Vendée noch einige Zeit nach der Bekanntmachung des Todes Ludwigs XVII. denselben ignorieren und von der Voraussetzung seines Lebens ausgehen.

Unter den mehrfachen Personen, welche sich für Ludwig XVII. ausgegeben haben, ist jedenfalls der *Uhrmacher Naundorff* diejenige, hinsichtlich deren am wenigsten und eigentlich juristisch gar nicht konstatiert ist, daß sie sich diese Eigenschaft betrügerisch anmaßte, um deren ganzes Wesen und Treiben vielmehr ein ungelöstes Rätsel sich verbreitet. Es scheint gewiß, daß es, ungeachtet wiederholte genaue Untersuchungen über seine Lebensverhältnisse gerichtlich angestellt worden, unmöglich gewesen ist, seine Schicksale wesent-

---

[38] Diese Verhaftung läßt sich sehr wohl auf den Übereifer eines Unterbeamten zurückführen; die baldige Freilassung der Verdächtigen läßt auch darauf schließen, daß die Maßregel nicht von den oberen Behörden ausgegangen war. G.

[39] A. a. O., S. 536. Sollte das nicht ein Betrüger gewesen sein? Etwa Hervagault, dessen Treiben in jene Zeit fällt?

[40] Alle diese unbestimmten, unbeglaubigten Gerüchte haben selbstverständlich gar keine historische Beweiskraft.

lich weiter als etwa bis zu dem Jahre 1812 zurückzuverfolgen.[41] Damals siedelte er von Berlin nach Spandau über und wurde hier zum Bürger aufgenommen, ohne daß die gesetzlich vorgeschriebene Erkundigung nach seiner Herkunft und seinen frühern Verhältnissen stattgefunden zu haben scheint. Ebenso soll er ohne solchen Nachweis getraut worden sein. Daß französische Regierungsorgane zweimal haben behaupten wollen, die Herkunft Naundorffs aus untergeordneten Verhältnissen sei in Preußen konstatiert worden, stellt die Sache gerade nur günstiger für ihn. Denn einmal werden diese Angaben dadurch aufgehoben, daß sie einander selbst widersprechen. Nach der einen Angabe nämlich wäre »Karl Wilhelm Naundorff« der Sohn des Schlossers Karl Naundorff gewesen und 1786 zu Neustadt-Eberswalde geboren worden, hätte frühzeitig die Uhrmacherkunst erlernt und diese bis 1806 betrieben. Bei der Einnahme Spandaus durch die Franzosen wäre er in ein Freicorps getreten, welches diese daselbst organisiert hätten (?). Hier hätte er die Bekanntschaft eines Offiziers, Namens Maressin, gemacht, der ihn glauben zu machen gesucht hätte, daß er der Dauphin oder doch mit demselben sehr genau bekannt gewesen sei. Mit diesem sei er 1810 wieder nach Spandau gegangen, wo er sein Gewerbe wieder aufgenommen habe. Maressin habe ihn beredet, sich für Ludwig XVII. auszugeben, habe ihm die nötige Lokalkenntnis beigebracht und sei ihm dann nach Frankreich vorausgeeilt, um ihm den Weg zu bahnen. Inzwischen sei Naundorff in Spandau geblieben und habe daselbst 1812 das Bürgerrecht erlangt. Nach der andern, sich gleichfalls für authentisch gebenden Erzählung wäre Naundorff einer in dem preußischen Polen lebenden jüdischen Familie entsprossen. Im Jahre 1810 sei er nach Berlin gekommen und daselbst zwei Jahre geblieben. Er sei mit Holzuhren hausieren gegangen, und habe die Witwe eines Soldaten, Christine Harfert, fälschlich für seine Frau ausgegeben. Im Jahre 1812 sei er nach Spandau gezogen und Bürger daselbst geworden. Bei seiner Verheiratung im Jahre 1818 habe er angegeben, daß er der Augsburgischen Konfession angehöre und 43 Jahre alt, also 1775 geboren sei.[42] Diese Erzählun-

---

[41] Über die zwei Jahre vorher, wo er in Berlin gewesen sein will, ist wenigstens nichts Bestimmtes nachgewiesen worden.

[42] Diese letztere Angabe stimmt allerdings überein mit der Trauurkunde in dem Kirchenbuche der Nikolaikirche in Spandau, die der Herr Oberpfarrer Reine mir

gen[43] wiedersprechen einander vielfach. Außerdem behaupten beide eine Herkunft, deren Nachweisung den preußischen Behörden nicht die mindeste Schwierigkeit gemacht und das ganze Beginnen Naundorffs zu einem reinen Wahnsinn gestempelt haben würde. Der zweiten Version widerspricht auch ein amtliches Schreiben des Ministers von Rochow, worin dieser unter dem 27. August 1840 erklärt, die preußische Regierung habe niemals behauptet, daß Naundorff von jüdischer Abkunft sei, und kenne auch keinen Umstand, der zu solcher Behauptung Grund geben könnte. Gewiß ist nur, daß Naundorff, nachdem er 1810–1812 in Berlin gelebt, sich 1812 nach Spandau wendete, dort das Bürgerrecht erwarb, die Uhrmacherprofession trieb, und solange er in Spandau lebte, ein von seinen Mitbürgern geachteter und auch in höhern Kreisen gern gesehener[44] Handwerker war. Unter diesen Umständen bleibt seine genaue Kenntnis der französischen Sprache,[45] seine Fertigkeit im Sprechen und Schreiben derselben, seine Vertrautheit mit allen Einzelheiten der Revolutionsgeschichte, seine allgemeine, sichtbar seinen Verhältnissen überlegene Bildung jedenfalls auffällig. Doch hören wir seine Geschichte, wie er sie selbst erzählt.

Wir müssen mit dem Namen anfangen. Er nennt sich Charles Louis, während der Prinz, der er zu sein versichert, allgemein Louis Charles genannt wurde. Er behauptet nun, er sei Charles Louis

---

mitzuteilen die Güte hatte. Sie lautet: »Herr Karl Wilhelm Naundorf, Bürger und Uhrmacher allhier, des verstorbenen Bürgers und Fabrikanten, auch Gutsbesitzers bei Weimar, Herrn Gottfried Naundorf einziger nachgelassener Sohn, 43 Jahre alt, verheirathet gewesen, die Ehe ist durch den Tod seiner Ehefrau getrennt, und Jungfrau Johanne Friederike Eunert, des zu Havelberg verstorbenen Bürgers und Pfeiffenmachermeisters Herrn Friedrich Eunert einzige nachgelassene eheliche Tochter, 16 Jahr alt, sind am 19. November 1818 in Spandau getraut worden.«

Eine Anfrage in Weimar hat allerdings ein negatives Resultat ergeben. Der Name Naundorf kommt in den Taufregistern der beiden dortigen evangelischen Kirchen nicht vor. Wenn also Naundorfs Vater später wirklich in Weimar gewohnt hat, so ist der Prätendent doch jedenfalls nicht dort getauft worden. G.

[43] Gruau de la Barre a. a. O., III, 589 und 883.

[44] Ebend., besonders II, 175 fg.

[45] Ein wichtiger Umstand würde sein, zu erfahren, wie es bei seinem ersten Auftreten in dortigen Gegenden mit seiner deutschen Sprache gestanden habe.

getauft worden; nach dem Tode seines ältern Bruders aber habe der König, um den Schmerz seiner Gemahlin etwas zu mildern, gesagt: »*Le Dauphin sera toujours Louis.*« Hierauf habe man die betreffenden Worte umgeändert. Er habe aber, zuerst als er aus Preußen an seine Familie schrieb, die ursprüngliche Namenstellung wieder angenommen. Er legt eben darauf ein großes Gewicht, daß er von diesem Familiengeheimnisse gewußt habe, während seine Konkurrenten sich durch die Almanache u. s. w. hätten täuschen lassen. Der Punkt ist allerdings nicht ganz unwichtig. Ist der Prinz wirklich Charles Louis getauft und von 1785–89 genannt wotden, so würde der Prätendent allerdings eine genaue Kenntnis auch kleiner bourbonischer Familienverhältnisse an den Tag legen. Doch wäre die Sache immer kein Familiengeheimnis gewesen, und man begreift auch nicht recht, warum er von der spätem Disposition seines Vaters abgegangen. (Freilich war deren Grund jetzt weggefallen.) Ist aber seine Angabe unrichtig, so sieht sie stark wie ein unglücklicher Versuch aus, einen begangenen Fehler durch eine Notlüge zu verdecken, und zerstört eigentlich von vornherein allen Glauben. Nun ist es uns freilich bedenklich, daß uns wenigstens in allen genealogischen Handbüchern aus den Jahren 1785–89, deren Ansicht wir uns verschaffen konnten, nur die Bezeichnung Louis Charles vorgekommen ist. Freilich wäre es möglich, daß der Prätendent, der in jedem Falle die Sache nur vom Hörensagen haben konnte, sich in derselben irgendwie geirrt hätte, oder daß die genealogischen Almanache in diesem Punkt einen Fehler enthielten. Jedenfalls begreift man nicht recht, wie er darauf gekommen wäre, gerade in diesem Punkt eine so leicht zu vermeidende Ungenauigkeit zu begehen oder von der allgemeinen Meinung abzuweichen.

Seine Erinnerungen aus dem frühesten Knabenalter sind psychologisch korrekt. Sie knüpfen sich an einzelne bekannte geschichtliche Vorgänge, die aber von der Art waren, daß sie großen Eindruck machen mußten, z. B. die Flucht der königlichen Familie in den Schoß der Nationalversammlung, die Flucht nach Varennes, die geheime Unterredung der Königin mit Mirabeau, deren einziger Zeuge er gewesen,[46] und dann an einzelnes für die Geschichte Un-

---

[46] Die Flucht der königlichen Familie in die Nationalversammlung fand 10. Aug. 1792 statt, die Flucht nach Varennes 20.–22. Juni 1791, die geheime Unterredung der Königin mit Mirabeau in St. Cloud 3. Juli 1790. Ob letzteres Ereignis, von

erhebliche, was aber von der Art war, daß es sich wohl dem Gedächtnis eines Kindes einprägt, besonders wenn das Besinnen darauf durch äußere Umstände geweckt wird. Bei jenen größern Ereignissen erinnert er sich eben an das, was einem Kind daran besonders interessant ist. Eine gesuchte Vertrautheit mit Dingen, deren Bewahrung unwahrscheinlich wäre, legt sich nirgends dar, und diese ganzen Erzählungen sind so gehalten, daß, wenn sie erdichtet sind, die Erdichtung mit großer psychologischer Feinheit bewerkstelligt ist, ja eine Geistesstufe beurkunden würde, wie sie uns sonst in den Räsonnements des Prätendenten, in denen er sich als ein gebildeter und wohlwollender Mann, aber keineswegs als besonders scharfsinnig und geistvoll zeigt, nicht wieder begegnet. Lebhafter und zusammenhängender werden die Erinnerungen von der Haft im Tempel an, knüpfen sich aber auch hier besonders an die Vorgänge, bei denen der Prinz selbst von seinen Eltern gebraucht worden. Besonders bemerkenswert ist dabei, mit welcher Genauigkeit und wie lebensvoll er nicht nur alle Einrichtungen der von der kömglichen Familie in diesem noch in der Kaiserzeit zerstörten Gebäude bewohnten Gemächer, bis in die kleinsten Einzelheiten, wie es nur einem mehrjährigen Bewohner derselben möglich scheint, schildert, sondern auch den besondern Gebrauch, den die Bewohner von jedem Winkelchen, etwa zur Hintergehung ihrer Wächter oder sonst, gemacht hätten, angiebt. Es wird von seinem Hauptverteidiger in dieser Beziehung ein eigenes Faktum referiert,[47] was wir als einen Punkt hervorheben, an den sich eine Verifizierung knüpfen könnte. Ein gewisser Bulot, ein Klempner, der von 1792–97 die Lampen im Tempel zu besorgen gehabt hatte und von irgendeinem Zweifel an dem Tode des Prinzen nichts wissen wollte, ward während des Aufenthalts des Prätendenten in Paris, in Gegenwart des Herrn Bourbon Leblanc und eines Republikaners Fougère, mit dem Prinzen zusammengebracht, ohne daß er ahnte, mit wem er zu thun habe. Das Gespräch ward auf den Tempel geleitet. Bulot erging sich in seinen Erinnerungen darin, als ihn, bei einer Unrichtigkeit, der Prätendent unterbrach und zu seinem Erstaunen berich-

---

dessen Wichtigkeit der fünfjährige Dauphin keine Ahnung haben konnte, geeignet war, einen dauernden Eindruck auf ihn zu hinterlassen, möchte ich bezweifeln. G.

[47] Gruau de la Barre, III, 271 fg.

tigte, dann aber eine so lebendige und minutiöse Schilderung des Gebäudes, wie es 1792 gewesen, begann und dabei so viele besondere Umstände anführte, daß die Augen des Alten sich mit Thränen füllten, er auf die Knie sank und schluchzend ausrief: »*Vous ne pouvez être que le fils de Louis XVI.*« Ist diese Geschichte wahr? Oder hat der Prätendent seine genaue Kenntnis des Tempels eben aus den Mitteilungen jenes Bulot geschöpft? Das müßte sich ausmitteln lassen, wenn besonders Fougère noch lebt.[48] Über die Zeit, während welcher er der Aufsicht des rohen Simon anvertraut war, geht er – was sich psychologisch motivieren läßt, da diese Zeit für ihn nicht bloß leidensvoll, sondern auch erniedrigend war, folglich zu denjenigen Unglückszeiten gehörte, bei denen die Erinnerung am ungernsten verweilt – rasch hinweg und sagt von ihm: »*cet homme grossier m'a fait bien du mal, mais il fut moins cruel que beaucoup d'autres.*« Es ist kein unfeiner psychologischer Zug, daß er nur eine verletzende Erinnerung aus jener Zeit aufbewahrt: wie er Simon mit seiner Frau in dem Bett seines Vaters habe schlafen sehen, zu dessen Füßen sein eigenes stand. Die Frau Simon war, seiner Angabe nach, bei seiner Flucht beteiligt. Diese selbst soll hauptsächlich von Josephine, Hoche, Pichegru und Frotté[49] veranstaltet worden, und das vornehmlichste Werkzeug derselben Simons Nachfolger, der Kreole Laurent, gewesen sein, dessen Anstellung Josephine durch Barras vermittelt habe. Die Rettung des Prinzen aus dem Tempel wird an sich nicht so unwahrscheinlich dargestellt; aber nach und nach, an sehr verschiedenen Stellen der Erzählung kommen Nebenumstände zu Tage, welche die Geschichte immer verworrener machen, sodaß es uns noch jetzt nicht ganz klar geworden ist, wie man eigentlich den ganzen Hergang angesehen wissen will. Der

---

[48] Derselbe wird als lampiste-méchanicien bezeichnet und führte den Beinamen l'oncle.

[49] Daß Josephine, die spätere Gemahlin Napoleons I., damals Witwe des 23. Juli 1794 hingerichteten Generals Alexander Beauharnais, sowie die bekannten republikanischen Generale Hoche und Pichegru sich hätten veranlaßt sehen sollen, den Dauphin mit eigenster größter Lebensgefahr zu befreien, ist nicht sehr wahrscheinlich. Frotté, ein normannischer Edelmann und entschiedener Royalist, hätte wohl eher das Wagnis unternommen, doch befand er sich längere Zeit im Ausland und kehrte erst im Frühling 1795 nach Frankreich zurück, wo er an den Kämpfen der Royalisten gegen die Republik mit wechselndem Erfolge teilnahm. 1800 wurde er gefangen genommen und erschossen. G.

Prinz wird nämlich von seinen Rettern anfangs gar nicht aus dem Tempel hinaus, sondern bloß in ein verborgenes Gemach unter dem Dach geschafft, wo er noch viele Monate bleibt, während sie allerdings die Regierung glauben machen, er sei geflüchtet. Die Regierung will seine Flucht verbergen, und schiebt einen stummen Knaben an seine Stelle unter, welchen Josephine dem Barras verschafft. Das wäre denn der gewesen, den die Kommissare am 19. Dezember 1794 sahen. Man läßt jetzt nur eingeweihte Personen oder solche hinein, die den Prinzen nicht kannten. Gleichwohl verbreitet sich das Gerücht, der wirkliche Prinz befinde sich nicht im Tempel. Nun beschließt man, das stumme Kind sterben zu lassen, und mischt Substanzen in seine Speisen, die es krank machen. Desault giebt ein Gegengift und erklärt zugleich seinem Freunde Choppard, das Kind, was er behandle, sei nicht der Sohn Ludwigs XVI. Darüber sterben Desault und Choppard. Die Regierung aber, ängstlich geworden, vertauscht den stummen Knaben, der nicht sterben will, mit einem aus den Pariser Hospitälern genommenen, schon von Haus aus kranken. Ferner war, nach der Flucht des Prinzen, ein anderer Knabe in sein Versteck gebracht worden, den man abgerichtet hatte, seine Rolle zu spielen, und in demselben Behältnis, in welchem man diesen in den Tempel hineingebracht hatte, brachte man den stummen Knaben heraus, welchen hochgestellte Personen, gegen bedeutende Summen, einem beauftragten auswärtigen, uneingeweihten Freunde des Prinzen als diesen ausliefern ließen.[50] Der Beauftragte, Jean Paulin, bringt ihn Josephinen, die mit Schrecken den Irrtum erkennt. An die Stelle des dritten, aus dem Hotel-Dieu entnommenen Kindes, dessen Mutter eine Gärtnerin aus Versailles war,[51] hatte man im Hospital ein gesundes Kind untergeschoben, und es war damals in den Zeitungen als eine Art Wunder erwähnt worden, daß im Hotel-Dieu ein sehr krankes Kind in 42 Stunden geheilt worden wäre. Indes das wirklich kranke Kind, das man für den Prinzen ausgab, starb am 8. Juni, und an ihm wurde die Leichenöffnung vorgenommen, deren Bericht dem Konvent erstattet wurde. Früh am Morgen des Tags, wo die Beerdigung

50 So wenigstens lege ich die etwas sehr schwer zu vereinigenden Berichte bei Gruau de la Barre Tl. II, S. 497 fg. und Tl. III, S. 363 fg. aus.

51 Sie soll aus Furcht nach Amerika geflüchtet sein und eine Tochter von ihr noch vor wenigen Jahren in Martinique gelebt haben.

stattfinden sollte, nahmen die im Rettungskomplott begriffenen Personen den Leichnam aus dem Sarg und brachten den wirklichen Prinzen an dessen Stelle. Die Leiche wurde im Tempelgarten begraben, und Napoleon soll sie später ausgraben lassen und an ihrer Übereinstimmung mit dem Leichenbefund erkannt haben, daß die Sache wirklich so stehe, wie ihm Josephine erzählt hatte. Denn der Sarg, in welchem die Behörde die Leiche glaubte, wurde nach dem Margaretenkirchhof gefahren. Die Freunde des Prinzen hatten aber in der Kutsche einen mit Makulatur gefüllten Koffer angebracht. Während der Fahrt vertauschten sie den Inhalt des Sarges und des Koffers, ließen den Sarg mit der Makulatur begraben und nahmen den Koffer mit dem Prinzen wieder zurück. Dieser ward, als Mädchen gekleidet, in einen andern Wagen gebracht und nun einem Asyl zugeführt. – Außerdem kommen noch mehrere Kinder vor, welche auf Reisen geschickt wurden, um die Verfolger des Prinzen auf falsche Spur zu leiten. Aus diesen verschiedenen Werkzeugen gegenseitiger sehr verworrener Täuschungen leiten die Anhänger des Prätendenten zum Teil die falschen Prätendenten her. Wenn aber auch das alles manchen Verdacht gegen die ganze Geschichte erweckt, so muß man sich doch auch wieder sagen: daß diese Unwahrscheinlichkeiten für eine Erfindung nicht nötig waren, daß die Absicht, zu täuschen, den Hergang ganz leicht viel plausibler hätte erzählen können, und daß das Unwahrscheinliche doch durchaus nicht unmöglich ist. Es war eine Angelegenheit, wo alle einander täuschen wollten und das tiefste Geheimnis walten mußte. Da konnten allerdings Mittel und Wege eingeschlagen werden, die ihr Seltsames und unter andern Umständen Unwahrscheinliches haben. Auch die Lebensumstände des Prätendenten haben, besonders von der Zeit an, wo er die Vendée verläßt, bis zu der Zeit, wo er in Preußen auftritt, ihr sehr Abenteuerliches und einzelnes Unklare und Unwahrscheinliche; Unmögliches, als unwahr Erwiesenes nichts.

Nach der Rettung aus dem Tempel will der Prätendent erst einige Zeit in Paris bei einer Schweizerin untergebracht worden sein. Dann kam er in die Vendée auf das Schloß des Herrn Thor de la Sonde, wo er aber längere Zeit krank war. Nach seiner Genesung war der günstige Zeitpunkt vorüber. Seine Erinnerungen aus dem einsamen, aber stillheitern Aufenthalt in der Vendée sind sehr dürftig und unklar, was sich psychologisch wohl begründen ließe. General Charette besuchte ihn einmal und später ward er dem General de Frotté anvertraut.[52] Besondere Sorge für ihn trug auch der Marquis de Brizes, und bei diesem traf er ein junges Mädchen, Marie, und einen Jäger, dessen wahrer Name Graf von Montmorin, und der dann längere Jahre sein treuester Führer und Beschützer war. Aus der Vendée gingen sie nach Venedig, dann nach Triest, dann nach Rom, wo Papst Pius VI. sie in geheimen Schutz nahm. Anderm Schutz konnten sie sich nicht vertrauen, weil teils die Oheime Ludwigs XVII. von dessen Freunden für seine erbittertsten Gegner gehalten wurden, teils auch keine europäische Macht, außer höchstens das ferne Rußland, das Vertrauen erweckte, daß sie den Prinzen nicht politischer Konvenienz opfern könnte, teils endlich die Ermordung desselben besorgt ward, wenn irgendwie sein Aufenthalt bekannt würde. In Rom will der Prätendent erst in einem Kloster verborgen gewesen sein, dann mit seinen Beschützern ein einsames Landhaus bezogen haben. Hier kam auch die Schweizerin wieder zu ihnen, die inzwischen einen Uhrmacher geheiratet hatte. Dadurch lernte der Prinz deutsch und die erste Kenntnis der Uhrmacherkunst. Nach der Gefangennehmung des Papstes (1798) trafen sie Verrat und Verfolgung. Ihr Haus brannte ab; die Schweizerin und deren Mann starben plötzlich an einem Tag; der Marquis de Brizes und die junge Marie wurden vergiftet – wo und wie bleibt unklar; – der Prinz, für England eingeschifft, ward auf dem Meer gefangen,[53] , nach Frankreich gebracht und eingekerkert. Er verleugnete seine Herkunft nicht, wies aber alle Versuche zurück, ihn die Namen seiner Beschützer verraten zu machen. In ein anderes Gefängnis gebracht, soll er eine Behandlung erfahren haben, wie nur raffinierte Grausamkeit und List sie ausdenken konnte. Man habe sein Gesicht mit Instrumenten zerstochen, die einem Bündel Nadeln glichen, und als er im Blut geschwommen, habe man ihn mit einem in eine besondere Feuchtigkeit getränkten Schwamme gewaschen. Er habe davon, unter furchtbaren Schmerzen, ein dickgeschwollenes, kupfernes Gesicht bekommen und längere Jahre wie

---

[52] Charette, der bekannte Führer der Royalisten in der Vendée wurde 29. März 1796 erschossen. Über Frotté s. S. 55, Anm. G.

[53] Die nähern Umstände bleiben hier ganz im Dunkeln; auch erfährt man nicht, wer bei dem Prinzen war, und wie Montmorin sich rettete.

ein Mensch, der soeben die Blattern bestanden, ausgesehen. Mit der Zeit hätten sich aber die Spuren jener Unthat fast ganz verloren.

Endlich 1803 gelang es Montmorin, durch Josephine und Fouché, die Befreiung des Prinzen zu erwirken, und man beschloß, daß er nach Ettenheim zu dem Herzog von Enghien gehen solle. Vorher ward er, um sich etwas zu erholen, in einem andern Asyl untergebracht. Dies habe sein Oheim Ludwig verraten, worauf sie hätten flüchten müssen. In der Gegend von Straßburg ward er wieder verhaftet, in die Citadelle, dann in einen völlig finstern Kerker in Vincennes gebracht. Hier schmachtete er bis gegen das Jahr 1809, wo er abermals durch Montmorin befreit und in Sicherheit gebracht wurde. Sein damaliger Kerkermeister, der später ins Ausland gegangen, soll dort, wie Herr Appert in der Schweiz erfahren, als er vor Gericht befragt wurde, wo er die Jahre 1804–1808 zugebracht, erklärt haben, er habe damals den Sohn Ludwigs XVI. bewacht. Auch der bekannte deutsche Flüchtling Stromeyer soll jenen Mann gekannt und dasselbe von ihm gehört haben.[54] Nach seiner abermaligen Befreiung fiel er in eine schwere Krankheit, während welcher die Polizei seine Spuren in Deutschland verfolgte. Endlich hergestellt, reiste er im Frühjahr 1809 mit Montmorin nach Frankfurt a. M. Er erfuhr von ihm, daß Josephine seine zeitherige Haft zugelassen habe, weil Napoleon ihr die Thronfolge ihres Sohnes Eugen in Aussicht gestellt, daß sie aber auf seine Befreiung gewirkt habe, sobald sie die Gewißheit erlangt, daß der Kaiser mit einer Scheidung umgehe. Sie nahmen nun die Richtung auf Böhmen und trafen, nach einer langen Reise, in einer im Elbthal gelegenen Stadt einen Mann, der sie zum Herzog von Braunschweig führte, von welchem sie Empfehlungsschreiben für Preußen erhielten. Nachdem sie in einem an der östreichischen Grenze gelegenen Städtchen »Semnicht« (Sebnitz?) gerastet, in Dresden aber keinen Einlaß gefunden hatten, gelangten sie auf einem großen Umweg nach Preußen und gerieten dort sogleich unter das Schillsche Corps. Bei diesem bleiben sie, bis sie Schill, in Gefahr, ereilt zu werden, unter einer Eskorte, die ein Graf von »Veptel oder Vetel« (Wedel?) führte, abreisen ließ. Sie wurden überfallen; Montmorin fiel; der Prinz ward verwundet, verlor das Bewußtsein und fand sich in einem Hospital wieder, von wo er, noch immer im Zustand der höchsten Erschöpfung, nach Wesel transportiert wurde. Hier ward er mit andern Gefangenen von den Scharen Braunschweigs und Schills zu

---

[54] Gruau de la Barre, III, 279.

den Galeeren verurteilt und langsam auf Toulon zu transportiert. Unterwegs fiel er in neue Krankheit und mußte in ein Hospital gebracht werden, wo er einen Schillschen Husaren, Friedrichs, fand. Mit diesem entfloh er, und beide fouragierten sich glücklich durch Frankreich durch bis nach Westfalen. Hier ward sein treuer Gefährte von Gendarmen verhaftet; er selbst, von einem mitleidigen Hirten unterstützt, entkam nach Sachsen und saß, allerdings in hilf- und ratloser Lage, in der Gegend von Wittenberg, an der Heerstraße auf einem Stein, der die Inschrift führte: Dr. Martin Luther.[55] Es kam eine Extrapost, deren Inhaber ihn mitnahm. Erst jetzt untersuchte er, auf Anlaß des letztern, den Tornister jenes Friedrichs, und fand darin 1600 Franken in Gold. Sein jetziger Reisegefährte wollte von Weimar sein – was jedoch bei viel spätern Erkundigungen die dortigen Behörden nicht bestätigt haben – und nannte sich Karl Wilhelm Naundorff. In dessen Wagen und auf dessen Paß kam er nach Berlin.

Seine Absicht, in ein Regiment einzutreten, schlug fehl und er fing an, für Uhrmacher zu arbeiten. Jetzt machte ihm der Magistrat jene unausbleiblichen Schwierigkeiten, welche die moderne Civilisationsstufe bezeichnen, und er will sich nun auf den Rat einer Madame Sonnenfeld,[56] an die ihn der in seinem ganzen Treiben rätselhafte, seitdem aber spurlos verschwundene Naundorff gewiesen hatte, und die nun bis an ihren Tod seine Wirtschaft besorgte, an den Polizeipräsidenten Le Coq gewendet haben. Er habe ihm Papiere als Beweisstück vorlegen können, die in den Kragen eines durch all diese Fährlichkeiten glücklich geretteten Überrockes eingenäht gewesen. Der Präsident erkannte die Handschrift Ludwigs XVI. und Marie Antoinettes. Das Schreiben der letztern nahm der Präsident mit, um es dem Fürsten Hardenberg[57] vorzulegen, worauf der

---

[55] Hat es damals einen solchen in dortigen Gegenden an der Heerstraße gegeben?

[56] Aus dieser wird wohl die angebliche Soldatenwitwe Harfert entstanden sein, von welcher die obenerwähnte Version der französischen Regierung spricht. (Vielleicht war sie auch die in der Trauurkunde S. 51, Anm., erwähnte erste Frau Naundorfs, die er später, als es so besser in seine Erzählung paßte, zu seiner Wirtschafterin machte. G.)

[57] Daß der Prätendent Herrn Le Coq 1810 den Minister Hardenberg Fürst nennen läßt, ist freilich ein Fehler, kann aber ein sehr verzeihlicher Gedächtnisfehler

Prinz es nicht wieder zu sehen bekommen hat. Herr Le Coq riet ihm nun, da es in Berlin nicht möglich sei, ihm ohne Beibringung der nötigen Dokumente das Bürgerrecht zu verschaffen, sich in einer kleinen Stadt in der Nähe niederzulassen und den Namen zu behalten, auf den sein Paß laute. Er schickte ihm ein Patent als Uhrmacher auf diesen Namen, gab ihm auch Geld und empfahl ihm, wenn der Magistrat seines künftigen Aufenthaltsorts nach seinen Papieren fragen würde, nur zu erklären, daß sie bei ihm deponiert seien.

Er blieb nun unangefochten bis 1812 in Berlin, wo er nach Spandau übersiedelte, und dort in der That, auf ein bloßes Certifikat des Herrn Le Coq, was lediglich seine tadellose Aufführung bescheinigt, am 8. Dezember zum Bürger aufgenommen wurde.[58] Die nähern Umstände und Aktenstücke darüber, wenn sie echt sind, sind in der That kurios.[59] Der Spandauer Magistrat schreibt ihn übrigens Nauendorff. Er befand sich in Spandau in günstigen Verhältnissen, nährte sich gut und wurde von dem Bürgermeister Kattfus und andern distinguierten Personen ausgezeichnet.[60] Bei den politischen Wendungen erwachten seine Hoffnungen wieder; er schrieb an Le Coq und Hardenberg, erhielt aber keine Antwort. Nach der Eroberung von Spandau[61] schrieb er an den König von Preußen, die Kaiser von Rußland und Östreich und abermals an Hardenberg und Le Coq; immer fruchtlos. Jene Souveräne sollen schon 1809 und

---

sein. Aber, wenn wir nicht irren, war Herr Le Coq 1810 oder 1811, wo diese Sachen vorgegangen sein müssen, noch nicht Polizeipräsident. (Nach einer Mitteilung des Königl. Polizeipräsidiums in Berlin hat Le Coq die Stelle eines Polizeipräsidenten vom 24. April 1812 bis Ende Dezember 1821 bekleidet. Nauendorff ist, wie mir ebendaher mitgeteilt wird, am 16. September 1810 nach Berlin gekommen, also zu einer Zeit, in der Le Coq noch nicht Polizeipräsident war. G.

[58] Das Certifikat, das übrigens von Le Coq in seiner amtlichen Eigenschaft als Polizeipräsident ausgestellt ist, lautet: »Dem Uhrmacher Carl Wilhelm Nauendorff wird hierdurch das Zeugniß ertheilt, daß er während seines hiesigen Aufenthalts stets als ein ruhiger und ordentlicher Einwohner sich betragen hat, auch sonst in Ansehung seiner keine nachtheiligen Anzeigen hier vorhanden sind. Berlin den 2. November 1812 Königl. Staatsrath und Polizeipräsident von Berlin gez. Le Coq.

[59] Vgl. dieselben bei Gruau de la Barre, II, 125.

[60] Näheres bei Gruau de la Barre a. a. O., II, 175 fg.

[61] Die französische Garnison von Spandau ergab sich 27. April 1813 an die Preußen und Russen. G.

1811, teils durch Montmorin, teils durch Thor de la Sonde von seiner Existenz unterrichtet worden sein. Im Jahre 1815 kam ein französischer Offizier, Namens Marsin oder Marassin, um den sich Naundorff schon 1812 Verdienste erworben, aus der russischen Gefangenschaft zurück durch Spandau, suchte ihn auf, ward von ihm gepflegt und widmete sich, als er ihm sein Geheimnis anvertraut, seiner Sache. Er beschloß nun, diesen nach Frankreich vorauszuschicken, und gab ihm Geld und Papiere mit, unterrichtete aber zugleich die Herzogin von Angoulême[62] von der bevorstehenden Ankunft seines Emissars. Dieser Marassin verschwand aber. Er soll in Rouen verhaftet und dann, nachdem ihm ein gewisser Mathurin Bruneau, eine Kreatur der Polizei, substituiert worden, beseitigt worden sein. Im Jahre 1818 schrieb der Prätendent an seine (prätendierten) Oheime[63] und an den Herzog von Berry und erbot sich, auf die Krone zu Gunsten seiner Oheime und der Herzoge von Angoulême und von Berry, sowie ihrer Nachkommen, auf den Fall zu verzichten, daß bei dem Tod des letzten der genannten Prinzen ihr ältester Nachkomme 25 Jahre alt sei. Im Gegenfall behielt er sich die Ausübung der höchsten Gewalt bis zu dem Tag vor, wo der Repräsentant des Herzogs von Berry sein fünfundzwanzigstes Jahr erfüllt haben würde. Alles blieb ohne Antwort.

Im Jahre 1818 starb seine treue Sonnenfeld, und er beschloß nun, jeder höhern Laufbahn zu entsagen und sich bürgerlich zu verheiraten, schrieb aber doch vorher, abermals fruchtlos, der Herzogin von

---

[62] Die Herzogin von Angoulême, Marie Therese Charlotte, geb. 19. Dez. 1778 war die älteste Tochter Ludwigs XVI. und also angeblich die nächste noch lebende Verwandte des Pseudodauphins. Sie war mit ihren Eltern und ihrem Bruder im August 1792 in den Temple gebracht und dort bis zum 25. Dez. 1795 gefangen gehalten worden, worauf sie gegen mehrere gefangene republikanische Deputierte ausgewechselt wurde. 10. Juni 1799 wurde sie mit ihrem Vetter, dem Herzog von Angoulême, dem Sohn des Grafen von Artois, des späteren Karl X. vermählt. Sie starb 19. Okt. 1851 in Frohsdorf in Östreich. Ihren angeblichen Bruder hat die Herzogin niemals anerkannt; sie war vielmehr überzeugt von dem Tode des wahren Dauphins. Ein »Mémoire écrit par Marie-Thérèse-Charlotte de France sur la captivité des princes et princesses, ses parents depuis le 10 août 1792 jusqu'à la mort de son frère, arrivée le 9 juin 1795« erschien 1893 bei Plon, Nourrit & Co. in Paris in neuer Auflage. G.
[63] Ludwig XVIII. und der Graf von Artois, der spätere Karl X. Die Herzoge von Angoulême und von Berry waren die Söhne Karls X. G.

Angoulême, seiner prätendierten Schwester, von dieser Absicht, und da seine Familie nichts von sich hören ließ, so heiratete er am 19. November ein braves, junges, armes Bürgermädchen, Johanna Eunert. Von Beibringung eines Geburtsscheines will er dispensiert worden sein.[64] Als er Vater wurde, erwachte in ihm der Gedanke an seine Abstammung mit neuer Kraft, und er schrieb 1819 an die Herzogin von Angoulême, 1820 auch an den Herzog von Berry. Nur von letzterm will er eine anerkennende Antwort empfangen haben.[65] Hardenberg ließ ihn nochmals ohne Antwort.

Um diese Zeit entschloß er sich, weil eine städtische, an die Bürgermeisterwahl eines Herrn Daberkow geknüpfte Wirre, an der er teilgenommen, nicht nach seinen Wünschen abgelaufen – er nimmt an, daß Daberkow deshalb nicht bestätigt worden, weil er ihn vor der Verfolgung, welche jetzt gegen ihn beschlossen worden, beschützt haben würde – nach Brandenburg überzusiedeln, wo er 1822 Bürger wurde.

Nun beginnen seine neuen Drangsale, deren Grund er in seinen erneuerten und fortgesetzten Anliegen an die in Frankreich regierende Familie sucht, so unwahrscheinlich auch die kleinen und niedrigen Intriguen und gemeinen Verbrechen sind, die dazu nötig gewesen wären. Er kauft ein Haus, wird aber sogleich in einen frivolen Prozeß darüber verwickelt, der ihn an Preußen fesselt, der lange hinausgezogen wird, und den er erst gewinnt, wie er aus andern Ursachen in Haft gekommen. Er wohnt anfangs bei dem ehemaligen Postmeister Schernebeck; dieser wird bestohlen und der Verdacht auf Naundorff gelenkt, dem es gelingt, die Thäterin in der Tochter des Bestohlenen zu entdecken. Es wird ein Mordversuch auf diesen Schernebeck gemacht, der inzwischen ausgezogene Naundorff abermals verdächtigt, und wieder ist die Tochter die Thäterin. Er selbst erleidet durch einen Uhrendiebstahl großen Schaden. Dann brennt in seiner Nachbarschaft des Nachts das Theater ab; er steigt in der Angst mit den Seinigen heraus, und als er in seine Wohnung zurückkehrt, ist sie aller wertvollen Sachen beraubt. Er wird auch dieser Brandstiftung bezichtigt, ohne daß sich etwas

---

[64] Ob das in der That der Fall gewesen ist, geht aus der Trauurkunde des Spandauer Kirchenbuches (vgl. S. 51, Anm.) nicht hervor.

[65] Aber wo ist dieses wichtige Schreiben?

auf ihn bringen ließ.[66] Da werden ein paar Personen,[67] welche falsches Geld ausgegeben, zur Untersuchung gezogen, und der eine davon giebt Naundorff als den Verfertiger desselben an, während, nach der Versicherung Naundorffs, aller Wahrscheinlichkeit nach der Vater des einen Angeklagten, der schon 1805 in dergleichen Sachen bestraft worden, der Schuldige gewesen. Er wird verhaftet und die Untersuchung, wie Naundorff behauptet, durch einen Justizrat Schulz, mit großer Härte und Parteilichkeit geführt.[68] Es scheint gewiß, daß bei dieser Untersuchung über seine eigentliche Herkunft nichts auszumitteln gewesen ist. Nach der strengsten Untersuchung hat man doch keine hinreichenden Gründe gefunden, ihn in der Hauptsache zu verurteilen, hat ihn aber, weil er sich während der Untersuchung als »frecher Lügner« gezeigt, indem er sich für einen geborenen Prinzen ausgegeben und darauf hingedeutet habe, daß er zu den Bourbonen gehöre, in das Korrektionshaus gewiesen. Hier zieht er die Aufmerksamkeit eines Barons von Seckendorff, der die Oberaufsicht über die Anstalt hatte, auf sich und gewinnt dessen Teilnahme, die sich ihm auch weiterhin bewährt hatte.[69] Dieser verschafft ihm einen Nachlaß an seiner Detentionszeit, und er wird 1828 entlassen, wobei ihm aber aufgelegt wird, Brandenburg und die Nähe Berlins zu meiden. Sein kleiner Wohlstand ist inzwischen vollends zu Grunde gegangen, seine Familie im tiefsten Elend. Ein Unterkommen zu Gassen, was ihm Seckendorff vermittelt, schlägt fehl, und er wendet sich nach Krossen. Hier gewinnt er mühselig kaum den notdürftigsten Unterhalt. Da nimmt sich der Syndikus und Justizkommissar Petzold seiner an und geht sehr bald und gänzlich in seine Sache ein, schreibt für ihn an Fürsten und Gesandte, betreibt eine Revision seiner Untersuchung, läßt sich durch die persönlichen Bedrohungen eines Prinzen

---

[66] Hier werden der Justizrat Vogt und der Referendar Caproni als Personen genannt, die sich seiner Unschuld angenommen.

[67] Mit Namen: Engel und Sydow.

[68] Das Nähere vgl. bei Gruau de la Barre, II, 338–381.

[69] Unter anderm werden bei Gruau de la Barre Briefe desselben (von 1836) an seine Schwester, die Frau von Weissenbach in Dresden, mitgeteilt, worin er dieselbe angeht, durch Vermittelung der Frau von Weissenbach auf Frauenhain, einer geborenen Prinzessin von Polignae und Freundin der Herzogin von Angoulême, eine Annäherung seines Klienten an letztere anzubahnen.

Carolath nicht irre machen und scheint in der That von der Unschuld und dem Rechte seines Klienten völlig durchdrungen gewesen zu sein. Aber dieser Gönner stirbt 1832, nachdem er nach dem Genuß einer Tasse Bouillon von Kolik und Erbrechen befallen worden. In seine Geschäfte tritt einstweilen Herr Lauriscus, der schon zeither bei ihm gearbeitet, ein und verspricht, die ihm ganz genau bekannten Angelegenheiten Naundorffs fortzuführen; aber vier Wochen später stirbt auch dieser plötzlich; die Papiere werden mit Beschlag belegt, und der Prinz hat nichts davon zurückerhalten können.[70] Er ist nun in gänzlicher Verlassenheit, und da er zudem eine anonyme Warnung erhält, daß man damit umgehe, ihn auf eine Festung zu schaffen, so entschließt er sich gegen Ende des Juli 1832, nach Frankreich zu gehen.

Fast ohne Mittel gelangt er nach Dresden. Er sucht hier eine Audienz bei der königlichen Familie, erhält aber die polizeiliche Weisung, Sachsen zu verlassen. Den Grund sucht er in Intriguen des Pater Kunitz, gesteht aber selbst, daß sein Paß nur auf Berlin gelautet. Ein Mann, den er zufällig kennen gelernt, verschafft ihm durch List einen Paß vom französischen Gesandten. Die Wohlthätigkeit eines Freiberger Geistlichen,[71] den er ebenso zufällig auf der Reise kennen gelernt hatte, giebt ihm die nötigsten Geldmittel zur weitern Reise, die ihn dann, meist in Gesellschaft polnischer Flüchtlinge und unter mancherlei Abenteuern, Unfällen, angeblichen Verfolgungen und wundersamen Rettungen,[72] endlich nach Frankreich bringt. Man erfährt jetzt und nur dunkel, daß ihn bereits Verbindungen erwarteten, und daß ihm namentlich ein Rendezvous mit der Herzogin von Berry zugedacht war, die sich damals in der

---

[70] Auch das sind Punkte, die noch zu ermittteln sein müssen.

[71] Er nennt ihn Kishauer und sagt von ihm, daß der Sohn desselben Uhrmacher gewesen sei. Einen Geistlichen dieses Namens hat es damals nicht in Freiberg gegeben, wohl aber einen Prediger Kies, dessen Sohn in der That Uhrmacher ist.

[72] Gänzlich entblößt und erschöpft kommt er eine Tagereise von Heilbronn in ein Haus, wo ein todkranker Mann liegt, den der Arzt aufgegeben. Er tröstet die verzweifelte Frau, bringt den Kranken durch bloßes Streichen wieder zu sich, und als der Arzt am andern Tag fragen will, ob der Kranke tot sei, findet er ihn mit seinem Retter bei Tische sitzen! (Wahrscheinlich wollte sich Naundorff durch diese Geschichte als König von Frankreich legitimieren, da diese der Sage nach durch bloßes Handauflegen Krankheiten zu heilen vermochten. G.)

Bretagne befand. Indes alles schlug fehl, und er fand für gut, zuerst in die Schweiz zu gehen, von wo er dann, unter anderm Namen, am 26. Mai 1833 in Paris anlangte. Hier lebte er anfangs in gänzlicher Verlassenheit und Dürftigkeit, aus der ihn zuerst die Schwägerin eines Herrn Albouys zog, der auf Zeitungsnachrichten hin bereits mit dem Syndikus Petzold korrespondiert hatte. Durch diese wurde er einer Madame de Rambaud, die von der Geburt des Prinzen an bis zum 10. August 1792 um ihn gewesen war, sowie dem Herrn und der Frau Marco de St.-Hilaire, die ihn gleichfalls als Kind gekannt hatten, zugeführt. Die erstere soll anfangs ungläubig gewesen, auf den Anblick einiger Kennzeichen aber, von denen nur sie wußte, und auf die Antworten, die ihr der Prinz auf geschickt gestellte Fragen gegeben, zur Überzeugung und feurigsten Anhänglichkeit übergegangen sein. Auch die St.-Hilaires hätten erst vorsichtig geprüft, bevor sie sich ergeben.[73] Wir können nun nicht auf alle die Einzelheiten eingehen, die sich auf die Personen beziehen, welche nach und nach in ihm den Sohn des königlichen Märtyrers erkannten.[74] Einige Jugendbekannte, die seitdem an das Interesse anderer Gewalten geknüpft worden, wichen ihm dagegen aus, und diejenige Legitimistenpartei, welche, bewußt oder unbewußt, die Legitimität nur als politisches Mittel für ihre eigenen Interessen schätzte, wollte nichts von ihm wissen. Unter denen, die ihn anerkannten, heben wir noch besonders den Herrn von Bremont hervor, welcher von 1788 bis zum 10. August 1792 Privatsekretär Ludwigs XVI. gewesen war, und dessen gerichtliche Vernehmung vorliegt;[75] ferner den Herrn de Joly, einen der letzten Minister Ludwigs XVI.; endlich jenen alten Maurer des Tempels, Joseph Paulin, welcher notorisch bei den Bemühungen zu Gunsten der königlichen Familie sehr beteiligt gewesen, und dessen Zeugnis einige wichtige Um-

---

[73] Auf der Gegenseite wird freilich versichert, die ganze Sache sei eine bloße Intrige einer eben aus den angesehensten angeblichen Anhängern des Prätendenten bestehenden kleinen Legitimistenkoterie gewesen, die den Naundorff, der entweder Betrüger oder mit einer fixen Idee behaftet gewesen, bloß als Werkzeug benutzt hätte.

[74] Bei Gruau de la Barre kommen mancherlei, zum Teil vor Notar und Zeugen, auf dem Sterbebett abgelegte Aussagen über einzelnes vor, die, wenn sie als echt erwiesen würden, freilich sehr wichtig sein würden.

[75] Gruau de la Barre, III, 671-695.

stände aus der Rettungsgeschichte bestätigt haben soll. Manche mögen sich freilich auch aus eigennützigen Beweggründen an ihn gedrängt haben, und die Nichtbefriedigung derselben wird als der Grund des Abfalls einzelner bezeichnet.[76]

Vielfach bemühten sich der Prätendent und seine Anhänger, die Herzogin von Angoulême für ihn zu gewinnen. Wenn man annimmt, was aber von der Seite des Prätendenten in Abrede gestellt wird, daß sie ihn wirklich für einen Betrüger hielt, so müssen ihr seine unausgesetzten Anliegen allerdings sehr lästig gewesen sein, und kann man die unmutige Art, mit der sie alles zurückwies, wohl begreifen. Wenn es aber wahr wäre, daß von ihrer Seite aus, zur Prüfung der Eröffnungen, die er sich vorbehalten hatte, ihr persönlich zu machen, eine Konferenz zu Prag vorgeschlagen ward, während er Dresden vorzog, so muß man wohl fragen, warum sie nicht auf letzteres einging. Sie hatte in Dresden nichts zu riskieren, wohl aber er in Prag. Sie war auch 1834 in Dresden, verließ es aber plötzlich, als sie erfuhr, daß der Prätendent auch dahin kommen werde.

Die Familie des Prinzen kam in bessere Lage, seit er Anhänger gefunden. Eine Nichte der Frau von Rambaud, die Baronesse de Genérés, entschloß sich 1834, selbst nach Krossen zu gehen, um sich der Pflege und Erziehung seiner Kinder zu widmen. Im April dieses Jahres führte sie die Familie nach Dresden, wo sie mehrere Jahre unangefochten lebten und angeblich schon durch ihre bourbonischen Züge[77] die Teilnahme mancher Personen gewannen. Namentlich interessierte sich der Karlsbader Arzt de Caro sehr für sie und ihre Sache. Auch werden die Generale von Gablenz und von Leyser, der Kammerherr von Schorlemer, ein Herr von Lengerke als Gläubige genannt; ja der letztere versichert sogar, daß Herr von Lindenau *un vrai croyant* sei. Solche Einflüsse mögen es vermittelt haben, daß ein Sohn auf die Militärakademie aufgenommen wurde. Die sächsische Regierung soll auch französische Reklamationen abgewiesen haben. Den 1837 eintreffenden preußischen Reklamati-

---

[76] Gruau de la Barre, III, 955. Die Herren werden freilich sagen, sie hätten sich überzeugt, daß sie in ihrem Glauben an die Echtheit des Prätendenten getäuscht gewesen, und hätten sich deshalb zurückgezogen.

[77] Bei einer Tochter soll auch eine Ähnlichkeit mit Marie Antoinette hervorgetreten sein.

onen konnte sie freilich nicht so völlig ausweichen, so wenig man absehen kann, auf welchen Grund hin Preußen diese Frau und ihre Kinder als seine Unterthanen hätte reklamieren können, zumal es 1836 den Vater (in der Schweiz) verleugnet gehabt haben soll. Die sächsische Regierung lieferte sie auch nicht aus, sondern begnügte sich, die Verlängerung der Aufenthaltserlaubnis zu verwehren, überließ aber – wenn die Worte des von Dr. Meerbach (Merbach) unterzeichneten ministeriellen Erlasses richtig wiedergegeben sind – »à l'épouse et aux enfants de Louis-Charles, duc de Normandie se nommant Naundorff, horloger de Crossen,«[78] ihren weitern Aufenthalt zu nehmen, wo sie wollten. Sie gingen in die Schweiz und später zu ihrem Gatten und Vater nach England.

Dieser soll schon während seines Pariser Aufenthalts mancherlei Attentaten ausgesetzt gewesen sein, über welche viel Näheres, aber nichts Entscheidendes oder sonderlich Interessantes vorliegt. Außerdem hatte er viel mit Prozessen zu thun, wobei allerdings zu bemerken, daß die französische Regierung, nachdem sie gegen alle andern Prätendenten sofort mit Klagen auf Betrug eingeschritten, gegen diesen Prätendenten, ungeachtet er sich selbst an die Kammern wendete und ein eigenes Journal für seine Sache unternahm, im rechtlichen Wege nichts that, allen seinen Bemühungen, die Sache vor Gericht zu bringen, vielmehr auswich, und als endlich ein Prozeß durchaus nicht mehr zu umgehen war, ihn 1836 polizeilich aus dem Lande schaffte und den Rechtsstreit durch eine Art Kabinettsjustiz beseitigte. Erst dann begann man einen Prozeß gegen seine Anhänger, der im Sande verlief. Von einer Klage, die der Redakteur seines Journals vor dem Zuchtpolizeigericht gegen ihn erhoben, war er völlig freigesprochen worden. In London war er wieder Attentaten ausgesetzt,[79] fand keine sehr einflußreichen Gönner und geriet nach und nach in mancherlei Geldbedrängnis, zumal er jetzt einen seinen Verbindungen angemessenen Hausstand führte und viel Geld auf mechanische Experimente verwendete. Er

---

[78] Wahrscheinlich hat es im Deutschen umgekehrt geheißen: der Frau und den Kindern des sich Louis Charles, Herzog von der Normandie nennenden Uhrmachers von Crossen, und schon das wäre viel gewesen.

[79] Seine Gegner stellten damals in den Zeitungen diese Attentate als selbstangestellte dar. Mit den nähern Umständen, wie sie bei Gruau de la Barre angegeben werden, stimmt das freilich nicht.

wollte namentlich ein Geschütz erfinden, welches alle Kriege unmöglich machen sollte, weil es keinen Widerstand zuließ. Zuletzt ließ er sich in Delft nieder, wo er am 10. August[80] 1845 starb. In der Totenliste ist er nach dem Stande eingetragen worden, den er in Anspruch nahm. Er hinterließ zwei Söhne und zwei Töchter. Sein Äußeres trug, nach einem in Stahlstich vorhandenen Porträt zu schließen, den bourbonischen Stempel.[81] Sein Charakter wird sehr gerühmt, und jedenfalls erscheint er ungemein wohlthätig und dienstfertig gewesen zu sein. In betreff seiner geistigen Begabung können wir den Lobreden seiner.Anhänger nicht völlig beistimmen, haben jedenfalls keine Äußerung von ihm gefunden, welche über eine wohlmeinende Mediokrität und jene stereotypen Dinge hinausginge, die man in dem alten Frankreich dem »guten Menschen und Könige« in den Mund zu legen pflegte. Seine Haltung war die längste Zeit – wenn wir nicht von der Voraussetzung des Betrugs ausgehen – anspruchslos; sie war würdig, einfach und maßvoll. Nur zuletzt, wie alles mehr und mehr fehlschlägt, wird er abenteuerlicher, und es ist uns aufgefallen, daß er erst spät mit Geschichten von großen Geldsummen, die für ihn niedergelegt worden sein sollen, ihm aber vorenthalten würden, herausrückt,[82] wovon anfangs gar keine Rede gewesen. Doch könnte es sein, daß er erst spät, etwa durch Bremont, davon Kunde erhalten. Die Neigung zu mechanischen Erfindungen kommt dagegen schon früher vor.[83]

Keinerlei Gewicht legen wir auf seine Angaben über allerlei Geheimnisse der französischen Geschichte, von deren Vorgängen er einen großen Teil auf sich bezieht und um sich gruppiert. Viele von den hierher gehörigen Dingen sind so unwahrscheinlich, daß er und seine Sachwalter durch ihre Anführung seiner Sache sicher mehr Schaden als Nutzen gebracht haben. Indes alle diese Angaben sind so, daß sie wahr sein könnten, ohne zu beweisen, gerade Naundorff sei Ludwig XVII. gewesen, und daß er das sein könnte, wenn auch

---

[80] Merkwürdig allerdings, daß auch der Tag seines Todes ein für die Familie, der er angehören wollte, ominöser war. Man denke an den 10. August 1792, wo die Entthronung Ludwigs XVI. dekretiert wurde.

[81] Über die sonstigen Kennzeichen, die er an seinem Körper gehabt haben soll, bringt Gruau de la Barre vielerlei bei.

[82] Gruau de la Barre, III, 432.

[83] Gruau de la Barre, II, 336.

jenes alles bloß in seiner oder seiner Sachwalter Einbildung beruhte. Wir erwähnen sie daher nur als Kuriosa. Die ganze französische Revolution wird in der Hauptsache teils den Ränken der Engländer, teils Ludwig XVIII. zur Last gelegt. Dieser verrät und hintertreibt alle Pläne zu Gunsten der königlichen Familie; ihm ist kein Mittel zu schlecht, um das Ziel seines Ehrgeizes anzubahnen; er steht mit Robespierre, mit Barras, mit Napoleon in stetem Verkehr, sie täuschend und von ihnen getäuscht, aber stets gegen seinen Bruder und Neffen wirkend. Er bewirkt die Vermählung der Schwester des Prinzen mit dem Herzog von Angoulême, um ihr Interesse von dem ihres Bruders zu trennen. Um des Prinzen willen und meist durch die Intriguen seines Oheims erfolgt, wie teils offen behauptet, teils wenigstens zur Vermutung gestellt wird, das Gemetzel von Quiberon, der Tod Hoches und Frottés, die Erdrosselung Pichegrus, die Erschießung des Herzogs von Enghien, der Tod der Kaiserin Josephine, ja sogar die Ermordung des Herzogs von Berry. Auch für Mirabeaus Tod läßt man Ludwig XVIII. als den geheimen Anstifter merken. Ebenso hat niemand anders als er die Flucht des Königs vereitelt. Er hat Robespierre gestürzt, mit welchem er lange im engsten Verkehr gestanden, sobald er erkannte, daß dieser sich selbst auf den Thron schwingen und sich mit der Prinzessin Marie Therese verbinden wolle. Die Prinzessin Elisabeth fiel, weil sie ihrem Bruder versprochen hatte, seinem Sohne dereinst alle Greuel des Grafen von der Provence zu offenbaren. Malesherbes' ehrwürdiges Haupt sank unter dem Mordbeil, weil ihm das geheime Kodizill des Königs vertraut worden. Durch einen untergeschobenen Brief Ludwigs XVI. bewirkte dessen Bruder den Rückzug der Preußen. Daß Napoleons Schiff ihn mitten durch die englischen Geschwader glücklich aus Ägypten zurückbrachte, hat nicht sein Glücksstern, sondern der Einfluß Ludwigs XVIII. bewirkt, der in ihm einen Mont zu finden glaubte.[84] In vielen Memoiren wird einer geheimnisvollen Mordscene zu Vitry aus dem Jahre 1795 gedacht, wo eine Bande in das Haus eines Herrn v. Petitvall einbrach, alle Personen, die ihr begegneten, ermordete, es aber dabei nur auf Papiere abgesehen zu haben schien und von der Justiz ignoriert wurde. Auch das soll mit der Flucht des Dauphin zusammenhängen.

---

[84] Übrigens ist auch anderwärts behauptet worden, daß die Engländer dabei durch die Finger gesehen hätten.

Cambacérès dagegen hielt sich bei Napoleon und Ludwig XVIII., weil er dasselbe Geheimnis besaß, aber es als Schutzwaffe zu gebrauchen wußte. Ebenso Fouché, Talleyrand. Selbst die berufene Fualdesgeschichte hat keinen andern Schlüssel, und das rätselhafte Benehmen der Madame Manson wird durch nichts anderes erklärt als durch dieses Geheimnis. Duroc und Fouché waren die Gehilfen Josephinens bei der zweimaligen Befreiung Ludwigs XVII. aus der Gewalt Napoleons gewesen, und Papiere, welche dieses Staatsgeheimnis enthielten, waren der unbestechlichen Rechtlichkeit des Herrn Fualdes vertraut; diese Papiere wollte die Regierung haben, hat sie aber, wie es scheinen will, doch nicht erlangt. Ebenfalls mit Ludwig XVII. hängt die geheimnisvolle Unterredung des prophetischen Bauers Martin mit Ludwig XVIII. (1816) zusammen. Dies alles findet sich in ausführlicher Darstellung erzählt und verfochten in jenem von uns vielfach angeführten Werke des Herrn Gruau de la Barre, einem Werke, was an sich schon, in seinem Umfange,[85] seiner Ausstattung und als erst nach dem Tode des arm verstorbenen Helden desselben, schwerlich im Wege buchhändlerischer Spekulation erschienen, zu den Rätseln dieser rätselhaften Geschichte gehört. Dasselbe enthält auch eine Menge von uns nicht erwähnter Briefe, Aussagen, Aktenstücke, Angaben, welche, wenn man auf ihre Echtheit bauen könnte, jedenfalls erweisen würden, daß Ludwig XVII. nicht im Tempel gestorben, teilweise auch, daß es mindestens höchst wahrscheinlich sei, Naundorff sei Ludwig XVII. gewesen. Aber wer bürgt für die Echtheit? Und doch zu welchem Zweck sollte in so hoffnungsloser Sache und nach dem Tode des Prätendenten, dessen Kinder noch weit weniger Aussicht haben dürften als er, das alles geschmiedet worden sein? Im übrigen giebt es noch manche Personen in Europa, welche imstande sein müßten die Hauptfragen, um die es sich in der Sache handelt, mit Bestimmtheit zu beantworten. Man sollte denken, es seien jetzt gar manche Rücksichten weggefallen, welche früher zum Schweigen banden, und so wenig die Sache unter den gegenwärtigen Umständen praktische Bedeutung hat, so wäre es doch im Interesse der geschichtlichen Wahrheit zu wünschen, daß nachgeforscht und das Gefundene veröffentlicht würde. Mit jedem Jahre wird die Nachforschung natürlich schwieriger. Übrigens müßte sich, wenn die An-

---

[85] Beinahe 2300 Großoktavseiten.

gaben des Buches wahr sind, in den geheimen Archiven Englands, des Kirchenstaats, Rußlands, Östreichs, Preußens, viel Auskunft über das Verhältnis finden. Es handelt sich auch nicht bloß um jenen Naundorff und seine Ansprüche. Auch wenn er ein Betrüger oder partiell Wahnsinniger war, folgt noch nicht, daß alles von ihm und seinen Anhängern Beigebrachte rein erlogen und wertlos sei. Er konnte eben dadurch, daß ihm Kunde von manchen geheimen Beziehungen geworden, zu seinem Betrug oder seinem Wahn gebracht worden sein. Die Personen, die ihn zum Werkzeug brauchten, konnten in solche Geheimnisse eingeweiht sein, und auch wenn die Hauptsache falsch war, konnte doch in dem zu ihrer Unterstützung Beigebrachten viel Wahres sein. Die Schrift des Herrn Gruau de la Barre dient übrigens auch als eine Art Kommentar zu einer ganzen Reihe apokrypher oder suspekter Memoiren, von denen jener Herr behauptet, daß ihre Verfasser etwas von der Wahrheit gewußt hätten, aber nicht die ganze Wahrheit besaßen, oder sie nicht sagen wollten, und für deren scheinbare Widersprüche, Halbheiten, Unwahrscheinlichkeiten allerdings manche Erklärung gefunden wäre, wenn wir uns seinem Leitfaden ohne Skrupel vertrauen könnten.

Viel beschäftigt er sich auch mit den Konkurrenten seines Helden. Wir wollen erst kürzlich angeben, was über diese die zeither verbreitete Meinung aussagt, und dann die Version mitteilen, die der Prätendent oder Gruau de la Barre davon beibringt. Zuerst kommt ein Jean Marie *Hervagault* vor, welcher der Sohn eines Schneiders zu Basse-Los gewesen und daselbst am 20. September 1781 geboren sein soll. Im Jahre 1796 seinen Eltern entlaufen, gab er sich für den Sohn irgend einer vornehmen Familie, bald dieser, bald jener, und zuletzt für Ludwig XVII. aus, fand bei dem legitimistischen Provinzialadel willigen Glauben und beste Aufnahme, ward zwar wiederholt als Landstreicher verhaftet, jedoch auf Reklamation seines Vaters wieder entlassen, zuletzt aber 1802 zu Rheims als Betrüger zu vierjähriger Haft verurteilt. Politischen Plänen blieb er fremd. Doch ließ ihn Napoleon nach Bicêtre setzen, wo er 1812 gestorben sein soll. – Mathurin *Bruneau* soll 1784 zu Vezins geboren sein, der Sohn eines Holzschuhmachers. Er entfloh 1795, trieb sich umher, ward 1803 als Vagabund verhaftet, ging zur Schiffsartillerie und desertierte nach Amerika. Von da kam er erst 1816 zurück und zwar mit einem Passe, der ihn als Charles de Navarre bezeichnete. Er gab sich nun für Ludwig XVII. aus und spielte diese Rolle auch vor Gericht und im Gefängnis fort, fand auch Anhang und Beistand. Im Jahre 1818 verurteilte ihn das Zuchtpolizeigericht von Rouen zu siebenjähriger Einsperrung, die er seit 1821 auf dem Fort Mont-St.-Michel verbüßte. Später ward er entlassen und soll zu einem Handwerk zurückgekehrt sein. – Die vornehmste Haltung bewahrte Henri Ethelbert Louis Hektor *Hebert*, aus der Gegend von Rouen, nach Angabe der Polizei früher auf der Präfektur in Rouen angestellt, dann Inhaber einer Glasfabrik zu Lesuire. Er selbst nannte sich Ludwig Hektor Alfred Baron von Richemont, Herzog von der Normandie, und richtete 1828 und 1829 Bittschriften an die Kammern, worin er Anerkennung seiner Titel und Rechte verlangte. Seiner Erzählung nach wäre er von Kleber erzogen worden und dessen Adjutant gewesen, nach 1808 nach Amerika gegangen, 1814 zurückgekehrt und von Ludwig XVIII. gut aufgenommen, von der Herzogin von Angoulême aber abgewiesen und im Östreichischen 1812 verhaftet worden, wo er mit Silvio Pellico und Witt von Dörring im Gefängnis bekannt geworden sei. Es bleibt immer ein merkwürdiger Umstand, daß das letztere wenigstens lange vor seinem Prozeß und in ganz unbefangener und absichtsloser Weise von Witt von Dörring bestätigt worden ist. Sie hatten sich auf der Citadelle von Mailand getroffen. Dasselbe gilt von Pellico. Hebert verfocht seine Sache in Flugschriften und Memoiren. Im Jahre 1834 ward er vor die Assisen gestellt und zu zwölfjähriger Einsperrung verurteilt, entkam aber nach London, wo er in günstigen Verhältnissen lebte, wiederholt aber (1838 und 1843) mit Attentaten zu kämpfen hatte. Er starb in einem Jahre mit Naundorff, 1845. – Der letztere, oder sein Biograph, behauptete nun und suchte es in einer sehr ausführlichen[86] Vergleichung der Aussagen dieser drei Personen, der Berichte über sie und anderer Umstände wahrscheinlich zu machen, daß Hervagault, Bruneau und Hebert nur eine und dieselbe Person gewesen seien und nur den erstern Namen mit Recht geführt hätten. Hervagault sei das Kind gewesen, was Frotté und Paulin am 4. Juni 1795 in den Tempel schafften, und was die Rolle des Prinzen spielen sollte, wenn nach dessen Flucht sein Versteck

---

[86] Gruau de la Barre, III, 361–481. Zu lesen und zu einem einfachen Zusammenhange zu entwickeln ist diese Stelle, wie das ganze Buch, freilich sehr schwer.

entdeckt würde. Er sei auch gerettet und zu Charette gebracht worden, der ihn eine Zeitlang für den Prinzen gelten ließ, um diesen noch mehr zu sichern. Später sei er in die Gewalt der Regierung gefallen, und wurde nun ein Polizeiagent, erst im Dienste Fouchés, dann Ludwigs XVIII., dann Ludwig Philipps. Sie alle erkannten die Nützlichkeit, einen falschen Dauphin zur Hand zu haben, um ihn dem rechten entgegenzustellen. Sie ließen ihn gelegentlich kommen und verschwinden, wie es ihnen paßte, und unter neuer Maske auftreten, wenn die alte verbraucht war. Daneben schwindelte er auch auf eigene Hand. Merkwürdig ist jedenfalls ein Brief, aus welchem, wenn er echt ist, erhellen würde, daß Hervagault 1808, wo er in Bicêtre sein sollte, auf der Fregatte Kalypso nach Amerika gefahren wäre, von wo bekanntlich Bruneau 1816 zurückkam. Bruneaus Auftreten fällt in die Zeit, wo sich Naundorff von Spandau aus lebhaft um Anerkennung bemühte, und zunächst soll er gegen dessen Sendboten Morassin gebraucht worden sein. Hebert oder Richemont trat um die Zeit auf, wo sich Naundorff selbst nach Frankreich begeben hatte. Man wollte durch diese falschen Dauphins, die als solche leicht zu erkennen waren, den echten dekreditieren. Man ließ sie, da nötig, verurteilen, aber stets wieder aus dem Gefängnis entkommen. So erklärt Herr Gruau de la Barre die Sache.

Naundorffs Witwe und seine Kinder, der holländische Artillerielieutenant, Adalbert de Bourbon (gestorben im November 1883 in Breda), und Amélie de Bourbon, stellten bereits 1851 vor den französischen Gerichten den Antrag, die Identität ihres verstorbenen Gatten und Vaters mit dem angeblich im Gefängnisse des Temple verstorbenen Dauphin anzuerkennen und demgemäß das Civilstandsregister zu ändern. Sie ließen den Grafen Chambord und die andern Mitglieder der älteren Bourbonenlinie citieren; doch erschienen diese nicht und kümmerten sich überhaupt nicht um den Prozeß. Damals schon vertrat der bekannte spätere Minister des Auswärtigen, Jules Favre, die Sache der Naundorff, aber das Gericht entschied, daß die Akten über den Tod des Sohnes Ludwigs XVI. vom 9. Juni 1795 unzweifelhaft echt und richtig seien, und wies die Forderung ab. Im Frühling 1874 erneuerten dieselben Personen den Prozeß vor dem Pariser Appellhof, und wieder führte Jules Favre ihre Sache, aber auch diesmal erfolglos. 27. Febr. 1874 wurde das Urteil gesprochen, das die Naundorffschen Ansprüche zurückweist und in seinen wesentlichsten Teilen folgendermaßen lautet: »Der Gerichtshof, in Erwägung daß Ludwig XVII. tatsächlich am 8. Juni 1795 im Temple gestorben ist, daß die authentische Bescheinigung seines Todes existiert hat, und nachdem sie im Jahr 1871 in dem Brande des Stadthauses vernichtet worden, noch immer in den glaubwürdigsten Abschriften vorliegt;

in Erwägung, daß die unzähligen und äußerst strengen Vorsichtsmaßregeln, welche in der Haft des Temple den Dauphin und seine Schwester umgaben, jede Flucht verhinderten und die dreimalige Unterschiebung von Kindern, wie die Kläger sie behaupten, schlechterdings unmöglich machten;

in Erwägung, daß auch in Bezug auf den aus drei Briefen eines gewissen Laurent hergeleiteten Beweis der Betrug offenbar ist, und daß die Naundorffschen Erben nicht eine einzige Persönlichkeit namhaft machen konnten, welche die Flucht des Dauphins oder die in Rede stehenden Unterschiebungen begünstigt hatten;

in Erwägung, daß ein kontradiktorischer und unwiderleglicher Beweis aus den Aussagen von Gomin und Lasne (1834, 1837 und 1849) hervorgeht, welche die Wächter des Herzogs von der Normandie in seiner Gefangenschaft gewesen sind, seinem Tode beigewohnt und seine Leiche bei der Beschauung wiedererkannt haben;

in Erwägung, daß außer diesen materiellen Beweisen auch noch ein moralischer Beweis darin liegt, daß die royalistische Partei nicht ermangelt hätte, während der Vendéekriege aus der Existenz Ludwigs XVII. Vorteil zu ziehen, wenn nicht eben der Tod des Dauphins zweifellos festgestanden hätte;

in Erwägung, daß das abenteuerliche Leben Naundorffs in Preußen, England und Holland, seine Verurteilungen, die Haft, welche er wegen Falschmünzerei abbüßte, mit dem königlichen Ursprung, den er sich beimaß, unvereinbar sind, und daß man nach diesen Vorgängen in Naundorff nur einen kecken und höchst verschmitzten Abenteurer erblicken darf, welcher die Rolle des Dauphins mit mehr Geschicklichkeit spielte, als die andern falschen Prätendenten;

in Erwägung, daß der angefochtene Totenschein seine ganze Glaubwürdigkeit bewahrt;

in Erwägung, daß dieses Urteil nur deshalb so umfangreich aus-
fällt, weil die Justiz eine unübersteigbare Schranke gegen die Ansprüche der Betrüger errichten und sich einer Anmaßung des königlichen Namens und einer Fälschung der Geschichte widersetzen
wollte,

erklärt, indem er gegen den Grafen Chambord *in contumaciam*
verfährt, daß er sich die alten Schlußanträge aneignet, die Appella-
tion zurückweist, das Urteil von 1851, welches den Antrag der
Witwe Naundorff auf Anerkennung des von ihr behaupteten Civil-
standes verwarf, lediglich bestätigt und die Kläger in die Kosten
verurteilt.

Ende.

Über tredition

Eigenes Buch veröffentlichen

tredition wurde 2006 in Hamburg gegründet und hat seither mehrere tausend Buchtitel veröffentlicht. Autoren veröffentlichen in wenigen leichten Schritten gedruckte Bücher, e-Books und audio-Books. tredition hat das Ziel, die beste und fairste Veröffentlichungsmöglichkeit für Autoren zu bieten.

tredition wurde mit der Erkenntnis gegründet, dass nur etwa jedes 200. bei Verlagen eingereichte Manuskript veröffentlicht wird. Dabei hat jedes Buch seinen Markt, also seine Leser. tredition sorgt dafür, dass für jedes Buch die Leserschaft auch erreicht wird.

Im einzigartigen Literatur-Netzwerk von tredition bieten zahlreiche Literatur-Partner (das sind Lektoren, Übersetzer, Hörbuchsprecher und Illustratoren) ihre Dienstleistung an, um Manuskripte zu verbessern oder die Vielfalt zu erhöhen. Autoren vereinbaren direkt mit den Literatur-Partnern die Konditionen ihrer Zusammenarbeit und partizipieren gemeinsam am Erfolg des Buches.

Das gesamte Verlagsprogramm von tredition ist bei allen stationären Buchhandlungen und Online-Buchhändlern wie z. B. Amazon erhältlich. e-Books stehen bei den führenden Online-Portalen (z. B. iBookstore von Apple oder Kindle von Amazon) zum Verkauf.

Einfach leicht ein Buch veröffentlichen: **www.tredition.de**

Eigene Buchreihe oder eigenen Verlag gründen

Seit 2009 bietet tredition sein Verlagskonzept auch als sogenanntes "White-Label" an. Das bedeutet, dass andere Unternehmen, Institutionen und Personen risikofrei und unkompliziert selbst zum Herausgeber von Büchern und Buchreihen unter eigener Marke werden können. tredition übernimmt dabei das komplette Herstellungs- und Distributionsrisiko.

Zahlreiche Zeitschriften-, Zeitungs- und Buchverlage, Universitäten, Forschungseinrichtungen u.v.m. nutzen diese Dienstleistung von tredition, um unter eigener Marke ohne Risiko Bücher zu verlegen.

Alle Informationen im Internet: **www.tredition.de/fuer-verlage**

tredition wurde mit mehreren Innovationspreisen ausgezeichnet, u. a. mit dem Webfuture Award und dem Innovationspreis der Buch Digitale.

tredition ist Mitglied im Börsenverein des Deutschen Buchhandels.

Dieses Werk elektronisch lesen

Dieses Werk ist Teil der Gutenberg-DE Edition DVD. Diese enthält das komplette Archiv des Projekt Gutenberg-DE. Die DVD ist im Internet erhältlich auf **http://gutenbergshop.abc.de**